楚瓷 著

薄梦挽凉

BO MENG WAN LIANG

广西人民出版社

图书在版编目（CIP）数据

薄梦挽凉／楚瓷著．—南宁：广西人民出版社，2013.2
ISBN 978-7-219-08218-8

Ⅰ.①薄… Ⅱ.①楚… Ⅲ.①长篇小说–中国–当代
Ⅳ.①I247.5

中国版本图书馆CIP数据核字（2012）第296673号

监　　制　白竹林
策划编辑　周月华
责任编辑　周月华
印前制作　麦林书装

出版发行　广西人民出版社
社　　址　广西南宁市桂春路6号
邮　　编　530028
网　　址　http://www.gxpph.cn
印　　刷　广西大一迪美印刷有限公司
开　　本　880mm×1230mm　1/32
印　　张　9
字　　数　150千字
版　　次　2013年2月　第1版
印　　次　2013年2月　第1次印刷
书　　号　ISBN 978-7-219-08218-8/I·1613
定　　价　25.00元

这本书

致所有为爱停留为梦奔走的你

致，我们已经老去的爱情。

致，我们永远年轻的爱情。

致，我们远在天涯的梦想。

致，我们从未失去的梦想。

所有曾经告别的，原谅的，放弃的，思念的，不舍的——旧人旧时光。

我们未来再见。

目 录

Contents

楔子　薄梦

她从未见过这样深蓝似海的天空，就像从未见过这样空阔丰饶的土地。

不知名的深红色花朵繁丽地盛放着，这样的美——似乎早一点儿晚一点儿都不妥当，而现在正好，不见羸弱又远离衰败。草木的长势也异常葱茏，次第深浅铺展的绿，在熏风的吹拂下呈现优美的倒伏状，向天际遥遥延伸开去。远处有山，神仙领地一般，青黛色的云雾上，浮着几朵水色的云，山峦起伏壮阔宏伟，像是童话书里的喀尔巴阡山或者西高加索山脉，她并不能确定。

没有人，只有风从耳边荒凉地穿过。

寂静里，琴声渐渐清晰起来，像是爱人的耳语一般。她的心也随着琴声柔软起来，如远方绵延的云朵。

她回转身去，看见男子的背影在山野中模糊而有诗意地呈现。黑色的衣角被凉风掀起，猎猎作响。

他坐在深红色的花海里，穿着整洁而考究的白色衬衫，黑色领结，醒目的红色大提琴在白衣的映衬下有一种别样的幽艳美丽。

琴声如诉，从四面八方灌入她的耳膜。

她心里有质疑，更多的是茫然，然后她开始往男子的方向走，然而不知为何，分明是不远的距离，却无法靠近丝毫，那个身影始终栖息在末日般残艳的天地间，以一种遥远而空洞的姿态，和她保持着不远不近的距离……

突然，弦音由缓慢转向急促，像是一道伤口在天地间被猝不及防地撕裂开来，她无法控制那种莫名的牵绊，竭力向着那个身影奔跑起来。

然而，心里却有个声音在声嘶力竭地喊：不要过去！

不要过去——

不要过去。

……

但是她控制不住自己的身体，她觉得有什么在撕扯着她的心，让她这样痛苦……但她无法控制自己不向那个身影靠近，哪怕知道那是不祥的，她也只能够茫然奔赴，她甚至不明白自己的挣扎从何而来。

近了……

近了，近了。

她几乎能触到那个男子的呼吸和脉搏了。

在逐渐趋缓的琴声中。他似乎也听见了她的声响，缓缓地抬起头来——

额头，眉骨，眼睛，鼻子，唇，下巴……那些细致的五官最后拼凑出一副她再熟悉不过的容颜。

只是，他并没有看到她。他的眼神穿过她的身体，茫然地看着远方的山水，空洞而寂灭。

琴声不知道什么时候早已停了，琴身上的漆色，像是一片红色的惨烈战场，上面铺满了鲜血淋漓的尸体。她突然听到了心里有什么东西破碎的声音。

……

是梦，梦醒了。花海不复，琴声不再，人影成幻。

然而，即使破碎疼痛，即使心有不甘，她还是希望，这梦永不醒转，让她凝视他的容颜，听闻他的呼吸，感受他的悲喜，让他的一切都近在咫尺……

这样，也就够了。

第一场　尘劫

只有你能照出我/我很少看见自己/没有你我只看见一片荒凉的空间/在过去和现在之间/有多少人死去了/我跨过他们贫穷的尸体/我没有看穿我的镜子的墙壁/我不得不一个字一个字地学会生活/就像人们一个字一个字地把它忘记

——保尔·艾吕雅《我爱你》

1

纪沿河还清楚地记得遇见迟鸳凉那天的光景。

雨已经连着下了三四天。雨水如镜，铺在路面上向无限远的地方延展开去，间或有一辆车驶过，整个人间的镜像便破碎了，心也仿佛被溅上了雨点似的，执意潮湿着，很久都不肯干起来。

一场手术结束，纪沿河终于从高度紧张的状态中抽身，休息了片刻，换好衣服出来，向西北角的停车场走去。夜半时分清冷的医院，只有路灯闪着苍白的光幽幽地照着这寂然的雨夜。纪沿河本已是极其疲软困乏，此时一阵雨伴着清冷的风打在身上脸上，顿时清醒了不少。

一个如魅的人影与他擦肩而过，纪沿河回头望过去，只见一个苗条的背影往夜色深处走去。长发被风吹得有些乱，黑色衬衫，洗旧的九分牛仔裤下面一双浅灰色的系带凉鞋，踝骨是如玉般苍白。那身影因为过分单薄，在风里显得有些摇摇欲坠。

这背影像是世外的梦魇，甚至带着几分灵异的气息，让纪沿河一时竟有些恍惚了。他转瞬又自嘲地笑笑——不过是个陌生的背影而已，肯定是因为自己方才太累了才会这般胡思乱想。纪沿河下意识地攥紧了手中的车钥匙，加快了原先散漫的脚步。

从停车场取了车出来，经过医院正门门口的时候他又看到方才那女子——头发被夜晚的风吹得极其散乱，依旧是看不清面容。她抱着臂，站在医院门口遥遥地张望着，应该是在等车。

纪沿河把车停在了她身边，然后打开车窗，“太晚了，现在应该不太好打车。我可以送你一程。”在暗淡的街灯光照下，女孩的脸色呈现出病态的苍白，与那个背影的感觉相似，她的五官也是玲珑单薄的，有一种颓败的衰弱感。眼睛深陷，瞳人却极其明亮——并不见她有什么神情，却自然就生出一种慑人的光彩。

纪沿河突然想起恐怖片里惯用的场景，深夜搭车的陌生少女，诡谲极了，说不定接下来自己就会遇见一系列匪夷所思的事情。纪沿河觉得自己这样的想法有些可笑——人家不觉得你居心叵测已经不错了。

“我是这里的医生。”如是想着，纪沿河补充解释了一句。

女孩垂眸，似乎是迟疑了片刻，最终拉开了车门坐进来，轻声道：“谢谢。”

“去哪里?”纪沿河侧过头来问道，却刚好瞥见女孩的侧脸，那曲线说不上有多么好看，却也是玲珑细致的。女孩像是透明般，风一吹便不见了似的。

“我不知道，你帮我随便找个宾馆吧。”女孩终于抬起头来了，语气却是漫不经心的。沿河终于看清了那女孩的神情，寡淡得近乎有些刻薄。眼神虽是清冷的，却依旧掩不住流转的光华。沿河心下竟有五味杂陈的感觉——不知是遗憾还是惋惜。

这样的眼睛，若是笑起来不知道该有多动人。

半个小时后，车停在一家商务宾馆门口。

纪沿河和女孩从车里一起下来，走到大堂办了入住手续。女孩默然地刷卡付了押金，再回头看沿河时，神情依旧冷清，语气亦是疏离的，“今天非常感谢你，打扰了。”说罢又低头从钱包里拿出一张百元大钞递给他，言简意赅地补一句，“车费。”

“不用了，反正顺路，我就住在这幢楼后面的小区，有事需要帮助可以随时找我。”沿河倒不介意，拿出名片放在她拿着钱的右手上，脸上带着些许无奈的笑意。他看着这个谜一般的女子，心里自嘲，他纪沿河何时竟变成这么乐于助人的楷模了？

再看那女孩——她只是心不在焉地接过了那张名片，淡淡地看了一眼便随手将钱和名片一起放进上衣口袋里。她仍然是一副不甚领情的表情，那双眼睛里的漠然和骄傲无意中显露无遗。

“谢谢。”她说，语气淡淡的，不带一丝笑意。

纪沿河再没有别的话了，于是也就转身离去。

萍水相逢而已，转瞬就各自消失不见——这样的相遇在这座城市中真的是再平常不过了。

女孩也转身走到了电梯门口，按了上升的按钮，神情专注地等着电梯。沿河刚走了两步却又突然改了主意，大步流星地折了回来，不等她反应过来，便一把拉过女孩的左手臂，然后拿出上衣口袋里的笔在她手心里写下一串电话号码——那串数字看起来飞扬跋扈，在洁净白皙的皮肤的映衬下略显突兀。

女孩有些错愕，却不挣扎，只是静静地看着，任由他写完，依然抿着唇，低头看着那串数字。她的表情很少，但是大多时候非常专注，像是有着深度的强迫症。

她凝视着手中的数字，大概有半分钟，灵魂似乎去了另一个世界一般。

然后，她突然轻轻笑了起来。

——就在那笑容中，她抬起头看着沿河的眼睛，轻轻地说：“谢谢你，我叫迟鸳凉。”

她的笑容里，终于有了几分真诚的气息。

寂静。那一瞬间时间像是凝固了，温暖沿着笔尖生涩的触感在二人之间幽幽流转。

很多年后，当纪沿河再次想起鸳凉，总会在第一时间想起那个笑，女孩微微低着头，唇角有极美的弧度，眸亮如星，疏离寡淡中带着一丝天真纯净，有一种难以描述的苦涩，但是美得近乎惊心动魄。

于是沿河也笑了，他知道她这样的女孩子，本能地对陌生的人和事抱有抵触心理，而这个笑让他清楚——她是愿意接受他了，更确切地说，不再那么排斥他了。

后来的情节再简单不过，电梯来了，迟鸳凉就转身进了电梯，没有一丝的拖泥带水。纪沿河本来也是懂得自持的人，微微一笑就转身离去。

那个时候，沿河自己都不曾意识到，在遇见她的时候，自己空旷沉寂的世界里，突然就多了一丝莫名的期许。

对生活，对温暖，对那些已经遗失了不知多久的——爱与被爱的期许。

2

迟鸳凉躺在宾馆陌生的床上，茫然地看着天花板。

——很好，这里离家至少还有半个小时的车程，虽不是很远，但也不至于再偶遇自己刻意回避的人和事，落得如今天这般尴尬。鸳凉默默地苦笑，分明是自己日夜牵念的人，却又惧怕被他的幸福对照得太悲戚，所以连逃离都这般狼狈不堪……

正天马行空地想着，手机不安分地响了起来。鸳凉把手机从近乎湿透的衣服口袋里拎出来，看着屏幕上闪烁的名字：宋承欢。

她半天没有动作——既没有接通也没有挂断，只是一脸悻悻然地看着。那边却也很有耐心地一遍遍拨着号码，清脆的铃声响个不停。在空旷的夜里显得分外刺耳。十余分钟后，终于偃旗息鼓般地宣告放弃了。

这个世界也猝然安静了下来。

鸳凉的神经系统似乎也随着铃声的消失而断了。

她突然觉得前所未有的疲惫。

有某一种时刻，是这样的——在人群里容易盲从，暂时忘掉孤独，但是独处时，孤独感便没来由地肆虐。伴随想念、回忆、遗憾等所有软弱又强硬的感情。它们明目张胆地侵袭人心，没有一丝回旋的余地。正如此时，鸳凉看着手机已经暗下来的屏幕，突然感觉到的那种致命的孤独感。

而后，她多少有些不甘心地翻开手机通信录，然后拨通了通信录里的第一个号码。

庆幸的是，电话很快就接通了。

“小鸳凉，想我啦?”电话彼端，一个慵懒的女声，带着三分落拓三分散漫甚至还有三分妖气……那个声音似乎含了人间烟火的所有的成分，通过长长的光缆传到鸳凉的耳边。鸳凉突然就安定了。

“谁想你啊，我无聊而已。”虽然心里是温暖的，语气却是淡淡的。

“哈? 不是还在为那什么哲学史的课程报告焦头烂额吗，竟有空无聊了?”那边也不甘示弱，笑着顶回来。

“才写完大纲，给导师发了邮件，先等修改建议。”鸳凉觉得一颗钝重的心轻了一些，脱下凉鞋，赤着脚站在地板上，悠闲地答。她突然像是想起了什么重要的事一般，有些正经地问道：“唯喜，我明天去找你好吗?”

“好啊。我明天约好了要给沈子岸拍组片子，忙完了下午去看你。”

唯喜和鸳凉自从高中时代起便是十分要好的朋友，虽然与鸳凉的内敛沉静看起来大相径庭，但却因为性格深处某些共性而相识相知。唯喜大学里读舞蹈专业，在课余时间做业余模特。上天赋予了她姣好的容颜和苗条的身段，更可贵的是，她的表情像是会说话，眉目流转间便像是卓绝的倾诉。所以她很快就在业界小有名气，也不断有拍片的机会。可她自己却不上心，对什么都无所谓似的，一副自由不羁的态度。

“不，我不在家。”鸳凉打断她，“你能给我带件衣服来吗，我在桃涟路220号的那个商务宾馆。”

“怎么，离家出走？”唯喜也沉静了下来，压低了声音问她。

“也不是。这样，你先安心忙自己的事情。明天我再告诉你。”鸳凉想了一下，最后这样决定道。

“嗯，那行。我挂了。”唯喜也不再多说，又或者是有别的事情要忙，干脆地挂了电话。

鸳凉索性把手机扔在一边，脱下衬衫，开了热水洗澡。

其实事情并不是多么复杂，但是却不知如何表达，即使是面对最交心的朋友，依然有无从倾诉的感觉。在这个世界里，每个人的孤独都是渺小的，可是却真实地寄居在个人的灵魂里，强大到不可替代。

打开莲蓬头，鸳凉觉得整个人都像是被埋在了哗啦啦的水声里，世界变得很远，顿时安全了一般——又或许事情从来都没多糟糕，只要她没有那么强的执念……

鸳凉满是倦怠地捋过散乱潮湿的发，那一瞬间瞥见手心上的电话号码，被水冲过，字迹已经变得模糊。她竟然条件反射地有些惊慌——像是找不到回家的路一般，游离和迷失感瞬间将身体占据，然而，仅仅只是一瞬间。

呵，只是有相似的情节罢了。

终究，不是他啊。

脑海中闪过自己十几岁时的记忆。少年低着头，前额的刘海被风吹得温柔散乱。她的手心是一阵笔尖轻轻的摩挲，有些痒，心里也像是被拂动般的痒。她按捺着甜蜜的笑意，认真地等他写完。然后少年抬起头佯装生气地斥责她："都写多少遍了还记不下来，下次再记不住就不管你了，没良心的丫头。"

她就报以没心没肺的笑，无所谓地说一句"我记性不好嘛"，然后下次依旧要赖让他写。

那又是多久以前的事了，此刻回想起来却遥远得如同前世。

只是他永远不会知道，她如何会不记得他的电话号码？她是在用生命铭记着有关他的一切。只是贪恋那一抹低头凝视他的温柔，便如是欺骗了他一整个青春。

鸳凉知，世事便是如此，明知不能作为捉迷藏，藏到最后只有伤，却也没有第二种更好的选择了。

她不愿再想。那些难以启齿的往事，像是独自绽放在她心里的一场烟火，热闹之后，洒下的只有一地冷灰。现实当前，一切执着守护都是自己孤注一掷的错。

沐浴过后，鸳凉只剩疲惫，草草吹干了头发便倒在床上沉沉睡去。夏日雨夜里的空气，潮湿微凉，伴着草木葱茏的香气入眠，将一切不如意都抛在脑后。

她的心里有一个声音在轻轻呢喃。

鸳凉，放过自己吧——放过这份错误的，放过咎由自取的压抑，放过这步步泥沼的世间，人间已经有足够的艰辛了。

而她在这咒语般的声音中沉沉睡去。

3

那天鸳凉是被一阵敲门声吵醒的。

鸳凉只觉头脑昏昏沉沉的，四周依旧是漆黑一片，她没来得及开灯，就摸黑去开门。

“你再不开门我就要报警了。密室谋杀，还是自杀?”走廊昏黄的灯光下，门口斜倚着一个人，没好气地抱怨着，身材格外纤长，瓜子脸，吊梢眼，虽然只穿了件宽大随意的休闲 T 恤，面容却仍然因为过于精致，显得有几分妖气——这不是顾唯喜又是谁?

鸳凉见到唯喜，顿时从半睡眠状态中清醒了过来，心下不由凛然一惊，下意识地问道：“几点了?”

“半夜三点，小姐。”顾唯喜继续没好气地说，一面把两个巨大的购物袋拖进房间里，顺手开了灯，又回过头来上下打量着鸳凉，自言自语道，“好像没我想的那么糟。”

鸳凉听她这么说，突然觉得鼻子一酸，不知是委屈还是感动，一时竟说不出话了。

“你不知道服务台那个女人有多烦人，我问她你住哪个房间，她死也不告诉我，还让我在外面等，像是我要把你怎么样似的……”唯喜一面絮絮叨叨，一面把购物袋打开，拎出来许多衣物——三件棉T恤，藏蓝色布裙，纯白底小碎花雪纺衫，牛仔裤，甚至还有一件束腰的礼服和一双鱼嘴凉鞋。“这些够你穿一星期了，虽然你还没告诉我你这是要干什么。”

鸳凉哭笑不得。她只是因为衣服湿了让唯喜顺便带件衣服来换一下而已，她又想到哪去了。正要解释，却又被唯喜打断：“算了，睡觉。有话明天说。我明天要早起呢，知道你活着我就放心了。”她大大咧咧地踢掉鞋子拉着鸳凉躺下来。

“嗯，晚安。”鸳凉也就温柔地应了一声，与唯喜安静地并肩躺着。

这次她却怎么也睡不着了，翻身又怕惊动唯喜，就侧过脸看着唯喜……沉夜如水般静谧，唯喜的轮廓被微弱的光勾勒得简净疏朗。睫毛在脸颊上投下一层淡淡的阴影，眼角向上扬起的弧度，柔美而大气。

这个人——她会在半夜穿过大半个城市来到自己身边，只为确认自己是否安然无恙。这一直是她们之间的相处方式，纵使光阴的手让生命从繁丽辗转至荒芜，只有她们的情谊，始终保留着那一份天真淳朴，不染世故，不近尘埃。

在这人情寡淡的时代，这样的遇见，像是寻到的末世微光。只能感谢上天对自己何等慈悲，何等优渥。

鸳凉再次醒来的时候看见唯喜已经起来了，她敷了张补水面膜在房间里走来走去。想起昨天半夜里的事，鸳凉不禁失笑，“你拿那么多衣服过来做什么？我今天打算去你那里住的。”

“那你怎么突然不住家里了？你爸爸不在？还是你和宋承欢又怎么了？”唯喜关心的却不是她要搬去哪里，径自切入主题。

“都对。我爸爸去东京出差了，半个月后回来。”鸳凉一边换上唯喜的衣服，一边道，“沈吟溪在我家，病了，宋承欢在照顾她，昨天还一起去了医院。从医院回来就突然不想回家了。”

唯喜停下了手上的动作，专注地听着，却没了下文——所以这和她离家出走有什么关系？

“我不想显得多余。”末了，鸳凉总结道。

唯喜沉默了一会儿，她有些摸不着头脑——以她的了解，迟鸳凉并不是这般孩子气的人，但是此刻鸳凉的语气很认真。唯喜想了想她和宋承欢的关系，有些无奈，她知道鸳凉并没有刻意隐瞒什么，或许连鸳凉自己都不是很清楚自己的心意。

鸳凉垂着眼，一副心不在焉的样子。她知道，她不想对唯喜隐瞒任何事，但还是会出自本能地刻意回避那个问题。

我们曾经以为，我们的孤独来自除了自己便无人能懂的寥落情怀。其实错了——最深的孤独是虚浮，是身不由己——自己都不懂自己的痴狂和疯魔，那种虚浮的孤独。

4

唯喜接的是一组水下摄影的片子。摄影场地定在郊区一个大型游泳馆。鸳凉无处可去，也就跟着唯喜一起去了拍摄场地。唯喜穿修身的水红色长裙，涂土耳其蓝的眼影，整个人鲜亮夺目极了。而鸳凉比唯喜娇小一些，唯喜的白色棉 T 恤和牛仔裤穿在鸳凉身上都有点儿大了，衣服松松垮垮地挂在肩上，而牛仔裤被她随意地挽成九分裤，搭一双凉鞋，素面朝天，手上还提着那一袋衣服，像是顾唯喜的助理。

她们出门时就已经有些晚了，又刚好遇到上班高峰期，被堵在了路上。唯喜的手机一路上响个不停，唯喜嫌烦，索性关了手机图个清静。

等到了场地已经是上午十点多，比约好的时间晚了半个多小时，摄影师的脸色已经难看到极点。倒是唯喜以前认识的一个化妆师黛西见唯喜终于到了，欢天喜地地喊她赶快准备换衣服化妆。

摄影师沈子岸方才正在接电话，此刻挂了电话大步流星地走过来，看着她冷然道："你就是顾唯喜？"

"幸会，沈大摄影师。"唯喜笑，吊梢眼弯起来有漂亮的弧度，柔媚妖冶，伸出手做出一个握手的姿势。

沈子岸看着顾唯喜——在这一行里，美丽的人太多了，美根本不是资本。他笑，却并没有握住唯喜伸出的手，只是危险地眯起了眼睛，"公司已经安排了别的模特，你可以回去了。"

一时间气氛有些尴尬。鸳凉甚至清楚地看见唯喜唇角的笑突然间有些僵硬，虽然只是一瞬——下一刻便被那种无所谓的淡泊神情取代。

"沈先生，唯喜是很优秀的模特，之前和公司合作过，作品质量都很高。你可以试镜后再做决定。"黛西在一旁替唯喜说话——她之前和唯喜合作过很多次，她曾经对唯喜说，做了这么多年化妆师，从未见过唯喜这么有天资的模特。有的模特很美，但也只是美——除了美再无其他令人动容的成分。而唯喜不同，唯喜是会让人沉进去的。

"她应该知道，优秀的人不止她一个。"沈子岸扔下这句话，转身走了。

黛西还要争取，却被唯喜拉住，笑道："算了，是我的错，不该迟到这么久的。"

正说着，就见一男一女从门口进来。男的长了一张娃娃脸，眉眼都带着笑意，一身简约休闲的打扮，看起来英俊阳光。女的也是标致的美人儿，一双大眼睛配着齐肩的梨花头，整个人乖巧可爱如同洋娃娃。这两人走在一起当真神仙眷侣一般般配。

唯喜也由衷地赞道："好漂亮的一对人儿。"

黛西却不以为然，多少有些不屑地说道："我猜就是她。"

"嗯?"鸳凉看这两人南辕北辙的反应，有些如堕五里雾中。

"喏，那个是蔺屿之，我们老板的弟弟。学金融的，在念研究生，本来很淳朴善良的大男孩，结果在大学里找了个女朋友——就是这个秦晚钟——非要当模特，估计是只看见这行风光的一面了。屿之就帮她向老板说情，不过好几次了，摄影师都很有意见，说是她没镜头感没灵气。纵使你再努力，没有天赋，在这一行是撑不了多久的。"黛西耐心地解释给她们听，"不信你们可以等着看。"

"鸳凉，我们休息一会儿。"唯喜拉着鸳凉坐下来。然后对黛西笑着说，"没关系的，你去忙吧，那边也需要你去帮忙化妆啊。"

黛西无奈地笑一笑，转身走了，留下鸳凉和唯喜单独相处。

"都怪我昨天折腾你，要不也不会这样。"鸳凉突然想起唯喜方才笑意深处那一闪而过的寥落，轻声道歉。

“哎，说这个干什么。”唯喜揽过她的肩，反过来安慰鸳凉，“这行本来就是这样。只要他乐意，就有千百种理由要换掉我。再说了，我也觉得这没什么。有些东西不必太看重，就像手中流沙一般，握得越紧消失得越快。”

鸳凉回味着最后一句话，沉默地看着远处——看灯光师在透明的水上打下蓝莹莹的光，看沈子岸在不远处皱眉调着反光板，看秦晚钟站在水里的姿态和神情，然后慢慢感觉到一种近乎幻灭的情结来。

“不知道为什么每次海洋都要和孤独扯上关系。”唯喜淡淡叹息，“事实上海洋只是空阔，从来没有孤独。”

“那么你觉得什么更适合表示孤独?”鸳凉有些好奇。

“是河流。因为它从不停止奔赴，它总以为在生命的尽头有什么能够留住永恒，却最后奔向了虚空……孤独是一场徒劳的自欺。如果没有希冀，就不会有失望。如果不曾有过热闹至极的幻觉，就不会有繁华落尽后的孤独。而海洋，它只是缄默地存在。若生命从来都是静止姿态，未追寻过生命的繁华虚像，那就没有孤独。”

鸳凉看着唯喜眼睛里氤氲开来的淡淡雾气，觉得自己好像有一点儿懂了，刚才黛西所说的，天赋。

也许于唯喜，所谓的天赋，就是对这个世界的很多抽象事物抱有异常的敏感，将这份敏感深深地糅进了自己的生命里，最后又将这些平常人深刻感知却又无法清晰呈现的情绪展现到了极致吧。

5

没多久，拍摄就停了下来。唯喜和鸳凉离得太远，只能看见秦晚钟在冷水里冻得瑟瑟发抖，却依旧将身体没入水中，独自游来游去，迟迟不肯上岸。

“她是真的很努力。”鸳凉叹息。

“等我一会儿。”唯喜突然起身，向拍摄场地那边走去。

鸳凉不知道唯喜要做什么，对这里的人也不是很熟悉，只好在原地等。她看见唯喜绕过摄影器材，穿过沈子岸和工作人员，走到水池边，然后脱了鞋子，扑通一声跳了下去。她水红色的裙裾在蔚蓝的水色下如血色的莲花般绽放，整个人在水中下沉，然后随着水波的荡漾漂浮起来……鸳凉抱着毯子奔过去，刚好看见她浮出水面时的神情——睫毛微微颤抖，眼睛里有颓败的微弱的光，然而，却抹不去那种骄傲、那种冷清、那种茫然。那种属于抱着一心的欢喜和希冀奔赴到最后，仍旧一无所有的空洞。

秦晚钟停下了动作，定定地看着顾唯喜，一时有些错愕。而那个妖精般的女子此时身姿如鱼般轻盈，向自己游来。

沈子岸也有些惊愕地看着唯喜。秦晚钟固然漂亮，甚至比唯喜更漂亮，但是却缺少神韵。她的美丽太过千篇一律，太过市井化，所以始终拍不出孤独的味道。而这个女子，在岸上的时候分明看起来野性妖娆，看起来不识人间悲苦，却那么轻易就表现出了那么深切而脆弱的复杂情怀。

唯喜在秦晚钟身边停了下来，轻描淡写地说了几句话便又上岸了。

鸳凉用毯子裹住唯喜，然后用毛巾擦拭她湿淋淋的头发。唯喜上岸就抱怨起来：“这水冷死人啦，就算是企鹅也会被冻僵吧……”完全是一副没心没肺的混世语气，和刚才在水里的那个人判若两人。

沈子岸也走过来道歉，诚挚地赞她：“刚才很漂亮，神情很到位。”

“晚钟也会很优秀。”唯喜也笑得眉眼弯弯，那语气全然是天真欣喜的，没有半点儿矫揉讽刺的意味。接着又道，“我去换衣服，冷死了，这水温着实太低了。”转身就离去。

沈子岸看得一脸茫然——所以说她这么做不是为了抢回本来属于她的机会，只是为了证明她可以做得更好？或者只是为了帮秦晚钟？

唯喜换了衣服出来，依旧喊冷，拉着鸳凉说是要去吃午饭。聪明如鸳凉自然明白唯喜是觉得再待在游泳馆会让秦晚钟尴尬，也就笑着和唯喜离开了游泳馆。

刚走不远，就听到背后有声音在喊着什么。庭院空旷寂静，除了唯喜和鸳凉，再无第三个人。

“前辈……”

“前辈?”唯喜和鸳凉转身，才发现是刚才那个英俊阳光的男孩子，鸳凉回忆黛西的话，似乎他是叫做蔺屿之。他一路跑过来，气喘吁吁的，阳光下，男孩的脸如此干净温暖，明亮得近乎耀眼。鸳凉停下来，饶有兴致地看着他，想听听他接下来要说什么。

“我代晚钟谢谢你们，她一直很努力，有前辈的指点一定会进步的。”他的语气特别真诚恳切，带着喜悦的感激之情。

“说不定我是为了我自己哦，前辈我可是很自私的。”唯喜拍拍蔺屿之的肩，一半正经一半玩笑地说。

“啊……怎么会?”蔺屿之愣了片刻，脸上却依旧是那一尘不染到让人嫉妒的干净笑容。

“为这点儿小事又跑一趟，快回去吧。给她准备点儿吃的暖暖身子，有姜茶是最好不过了。她在那快结成冰的水里泡了快一个小时了，这对女孩子的身体不好。”唯喜无奈地笑了笑。

“啊，我都忘了。”蔺屿之又突然紧张起来，忙告辞了唯喜和鸳凉，一路小跑着回去了。

唯喜望着蔺屿之渐渐远去的身影，眼睛里的笑意沉淀下来，叹息：“可能秦晚钟自己都没意识到，自己正拥有着多少人连奢望都不敢奢望的东西。”

“对了，你刚才在水里跟秦晚钟说了什么?”鸳凉却好奇道。

“其实也没什么，我只是说，你不妨想象一下，当你终于站在最闪耀的 T 台上，台下却没有一个人的感觉。”唯喜歪着脑袋，语气中有玩笑的成分。

鸳凉若有所思，也许对于秦晚钟来说……那样的感觉确实会令人孤独至死吧。

“有没有觉得蔺屿之很像帛然？”唯喜笑着问鸳凉，“本以为世上这样天真纯粹的人早已经像恐龙般绝迹了。”

鸳凉微怔，突然回想起少年明净美丽的笑脸。

都是太过天真善良的人吧……迟鸳凉心里多少有些怅然地想。

小半天的折腾让两人都有些累，于是说好去超市买些食材就去唯喜家做菜煲汤吃，然后看部电影打发下午的闲散时间。两个人全然不把刚才的事情放在心上。

“对了，你哥昨晚给我打过电话。”从超市出来，唯喜突然想起来。

“他怎么说？”鸳凉有些意外——是因为自己昨天没有接电话吗？

“我说我会尽快联系到你，让他不用担心。你等会儿给他回个电话吧。”唯喜笑，顺手接过鸳凉手里的购物袋——里面有芒果和葡萄，番茄和青菜，一斤小排，小黄鱼，沙拉酱和海鲜酱，还有很多杂七杂八的零食。像是被这些物质的丰裕填满了一般，唯喜的心情也有了细微的快乐和满足感。

“哦。”鸳凉有些敷衍地应了一声，若有所思地去拿另外一个购物袋。

唯喜的父母在江苏，唯喜从高中起就独自在S市寄宿读书，大三时因为不常在学校的缘故就租了离市区较远的单身公寓，是新建的小区，人迹罕至，却有着宽阔的绿化带和人工湖泊，公寓也很安静。鸳凉之前虽然没少来，但总是不记得路，到现在仍旧记不清是哪一幢哪一号，就跟着唯喜在小区里转，觉得自己像是在走迷宫。

绕过偌大的人工湖，再左转，鸳凉总算是回忆起来了，恍然笑道："对，我想起来，就是前面这一幢。"

唯喜抿着唇笑她路痴，回头却见鸳凉的表情突然冷了下来，眼神恢复了平常的冷清，漠然地望向前方。唯喜顺着鸳凉的目光望过去——

那里站着一个人，那个人是鸳凉不能触及的软肋。

——那个人，他叫宋承欢。

男子很高，清瘦，短发，白色衬衫，脸部的线条明朗而锋利，眼睛是深邃的琉璃黑。仔细看去，他的五官并没有蔺屿之或者宁帛然那么精致漂亮，但是整个人看上去干净利落，黑白分明，给人一种硬朗而危险的感觉。他的气质也是孤傲疏离的，让人难以亲近。

他定定地看着迟鸳凉——那眼神冷峻得令人心生畏惧。

迟鸳凉却也冷冷地凝视着宋承欢。唯喜在一旁有些尴尬——这对兄妹，怎么一见面就像是仇人似的？

"昨天怎么不接电话？"到底是宋承欢先开口了，声音也是冷的，隐含怒意。

“我没听到。”鸳凉却不看他，语气淡淡的，像是在说一件最无关紧要的事。

“我给你说过多少次了，不要对我说谎。就算是当时没听到，这么久了，看到未接来电就不会回个电话吗?”宋承欢懒得跟她计较，过去接过她手里的东西，淡淡地命令道，“玩够了就跟我回家。”

“我不回。”鸳凉却不吃他这一套，执拗地道。

宋承欢只是冷冷地看着她，那眼神凌厉得像是要吃人一般——她显然在触碰他的底线。

鸳凉被他看着，也有些心慌，沉默了一会儿，语气也放软了一些，温吞地找借口道：“唯喜今天拍了水下摄影的片子，我去给她煲些汤喝，晚上回。”

“哦，这样，我不知道这件事。”宋承欢紧蹙的眉头这才舒展一些，他望向旁边一脸无奈的唯喜，有些歉意地笑了，“对不起，我刚才失礼了。”

他说罢叹息一声，难掩眉眼间浓浓的倦意，“我昨天晚上太紧张了，怕鸳凉出事，就打电话问帛然要了你家的地址。”又转向鸳凉，低低地道，“鸳凉你下次要做什么事之前也该告诉我，不要总是这么不懂事。”

鸳凉错愕地看着这样的他——这样的承欢，此时他不再是平常那般霸道。眼睛里有一些血丝，似是一宿没睡好。眼圈泛青，语气里有淡淡的倦怠和失望，还有一丝不易察觉的冷清寥落。

鸳凉觉得自己形同枯槁的心，竟再一次这样轻易地就被他牵动了。

“晚上早点儿回来，公司还有事，我先走了。”他转而向唯喜略略一欠身，算是道歉和告别。

鸳凉回头望去，他的背影特别坚毅却也特别孤单，风把衬衫吹得鼓起来了一些，像是欲飞的风筝。消失了，就要不见了。

她又一次不可抑制地心疼起来。

我的安危，对你来说真的有那么重要吗？

为什么，不对我冷漠一点儿无所谓一点儿，好让我断了那些卑微而奢侈的念想，好让我彻底地戒掉你？

可不可以告诉我，你对我这样的牵挂和关心，到底算什么？

6

在鸳凉的记忆中，大三暑假的那个夏天分外漫长。晴天很多，太阳热辣辣地照耀着人间，像是要把一切悲喜都蒸发干净似的。其他专业的同学都在忙着实习或应聘，为自己的前途和未来而操劳。鸳凉决定继续读哲学的研究生，所以只有一些课程报告和论文要整理。

在三十七八摄氏度的天气里，鸳凉大多是待在家里，若说出门，也不过是坐地铁去市图书馆，借些书回来。一遍遍不厌其烦地读《查拉图斯特拉如是说》和《存在与时间》，生活平淡得仿若静水流深，若一定要说出什么不寻常的事，那就是——结识了纪沿河。

也许在这苍茫的世间，有些人是注定要相识的。

生活像是一张凌乱而密集的网，以爱恨为线索，将人的灵魂拉扯至血肉模糊，自己却后知后觉。

说起与纪沿河重逢，不得不提及沈吟溪。沈吟溪是宋承欢的女朋友，说起来三个人的相识可以追溯到遥远的童年时期。鸳凉比承欢小七岁，比吟溪小六岁，严格来说他们并不是同龄的孩子，却在年少时一起上过书法班。

彼时鸳凉不过七岁，初被宋承欢的爸爸宋祺明领养，从北方偏僻的小城镇来到 S 市，那时还是眼神仓皇无辜的女童。因为幼时遇见的一些人和事，使她的性格极为脆弱敏感，缺乏安全感，有轻微的自闭症。宋祺明却又因为工作繁忙，没有太多时间看顾鸳凉，平日里就让承欢照顾着鸳凉。鸳凉也极其依赖承欢，除了上课时间，承欢走到哪里她就跟到哪里。承欢当时也不过是十四岁的少年，读初三，却对比自己小七岁的鸳凉极有耐心，跟她讲故事、交谈，买零食和小玩具哄她开心，带她去周末的书法班和年幼的小朋友一起玩。就在那个时候，鸳凉认识了沈吟溪。

在年幼的鸳凉的印象里，沈吟溪是书法班上最漂亮的女孩。穿着粉红色底的碎花洋装，扎两个羊角辫，绑着缎带蝴蝶结。唇红齿白，眼睛乌亮，笑起来分外惹人喜爱。她的书法作业写得极好，总是受老师称赞。性格也大方开朗，每周上课时她都从家里带一些零食或者水果来和大家一起分享。鸳凉还记得第一次跟着承欢到书法教室里的情形，因为怕生，她紧紧地攥着承欢的衣角，看见一屋子的陌生小朋友，只是躲在角落里不出声。吟溪就递给她一颗榛子巧克力，笑道："你是新加入我们的吗？我好像以前都没有见过你。"

再后来，鸳凉回家时无意间告诉承欢，她说她很喜欢吟溪。承欢默然，当时没有什么反应，但是再去上书法课的时候，就拉着鸳凉走到沈吟溪面前，一脸倨傲地说："这是我妹妹，她说她很喜欢你。你可以跟她说说话。"

这是事情的开始。可是，也仅仅是开始而已。

那么后来呢，是从什么时候开始一切变得不一样的？

十几载过去，三个人都有了各自的学业和工作，表面上依旧维持着那年的亲密关系，但是鸳凉知道，一切已经全然不一样了。又或者，这一切差别的苦痛，只是埋在了自己心里最深的地方。寥落天地间，再无第二个人能懂——当她看见哥哥和吟溪从陌生到熟悉，从熟悉到彼此依赖，最后确定恋人关系。这份感情贯穿了她十几年的青春，而她的心也仿佛随着他们的恋情慢慢生出一道伤口，随着时间被寸寸撕扯开来。纵使有怎样的委屈和痛楚，偏生不得言说。

是啊，多少次午夜梦回，她告诉自己，再怎么疼那也都是她迟鸳凉一个人的事。

鸳凉相信，自己是有自持力的。而感情，不过是暂时身不由己而已。最多不过等到老，等到死，等到岁月蚕食她的身体和精神，等到时间带走她的记忆，也就可以再也记不起他的好，也记不起自己的心里，曾经对一个不可能相爱的人，有过怎样圆满的期待。

可是，哪料想这等待那么漫长，感情却根植得如此之深。一旦情动，竟必须用菲薄的生，来担待深情的罪。

所以当那天承欢说，鸳凉既然你放假在家闲着，就替我陪吟溪去医院做复检吧。她也只能装作无所谓，一切都是那么的理所应当。她唯一能做的，只是在一次次冷暖对照的残忍剥蚀中，戒掉自己的毒。

于是因为纪沿河那天刚好是值班医生，他们自然就在熙攘的人群里相遇了。

那一年迟鸳凉二十一岁，纪沿河三十七岁。

他们萍水相逢，转身即忘。纪沿河却执意留下了自己的名片，而淡薄如鸳凉，也阴差阳错地在某个百无聊赖的午后拨通了那个陌生男人的电话。迟鸳凉不记得自己联系纪沿河的初衷了，或许她只是迫切需要和外界交流，借此走出封闭的内心。

鸳凉最初只觉纪沿河是善良而内敛的人，不觉厌恶也不觉倾心。或许恰巧因为他们的年纪相差许多的缘故，有了自然的疏离感。纪沿河大多时候包容着鸳凉，也不计较鸳凉时而冷淡刻薄时而单纯天真的个性，反而细心收藏，好好守护，很快两个人就能极其平静地相处。

但是他们的关系又非常微妙，不是恋人，不是暧昧，但是又比普通朋友要亲近许多。

有时爸爸和宋承欢都出去工作，鸳凉不愿一个人待在家里，就去纪沿河家里，在沿河的公寓里找张碟片看，或者躺在地板上吹着空调听 CD。循环播放的总是那几首曲子，王菲的《人间》《眷恋》《花事了》。沿河也就纵容着她，不时去音像店买些新的碟片和 CD，每天都做好水果沙拉放在冰箱里等她来。有时沿河去医院值班或者做手术，鸳凉就自己在他家待一会儿，有时一边看书一边等他回来，有时就径自走掉。若是沿河回来得早，就带她出去吃饭——大多是吃鸳凉喜欢的中餐，偶尔也吃日式料理或者西餐。两个人有一搭没一搭地聊天，打发夏日里漫长的时间。

鸳凉知，自己之所以对这样自由而被纵容的状态有所贪恋，是因为她在沿河身上看见了多年前承欢的影子。

有一日，沿河值了早班从医院回来，鸳凉正窝在沙发上看沿河新买回来的碟片，《死亡诗社》。

“纪医生为什么到现在还没有结婚?”鸳凉突然毫无征兆地问。虽然他之前说过很多次叫他沿河就好，她却还是执意叫他纪医生，疏离而礼貌，像是他的病人。

纪沿河突然被这么一问有点儿蒙，虽然之前并不是没有人问过这个问题——家人和朋友也一直关心着，他有一份不错的工作，条件优越性格沉稳，身边不乏合适的人，但是竟然拖到近四十岁还没有成家。以前每当别人问起，他就半正经半开玩笑地说一句“没人愿意嫁给我啊”，以此笑着搪塞过去。而现在鸳凉问起这件事，他心跳却像是漏了两拍，一时不知该如何回答了。

“我一直以为，到了纪医生你这个年纪，若是还没有自己的家，只有两个原因。”鸳凉似是一本正经地说。

“嗯?”纪沿河饶有兴趣地等她说下去。

“一是你曾为情所深深伤害过，二是你爱的是男人。”

“哈哈!”沿河被她正经的语气逗笑了，“那么你觉得我是哪一种?”

“你是有伤口的人。”鸳凉却不笑，只是自顾自地说，神情是一贯的冷清疏离，犹如古老的女巫般，“这种人曾对爱情有过高的期待，失望而回，于是不再轻易相信爱情。”

沿河沉默。

下午慵懒的阳光透过窗纱轻轻地笼罩着他们周身，纪沿河的眉间有淡淡的褶皱，像蒙着一层雾。鸳凉抬着头，带着些许戏谑地看着他的沉默——被人说中心事的感觉并不好受。

终究是经过岁月沉淀的人，沿河很快就恢复了平素的温和神情，“你只说对了一半。说不定是因为，没有再遇到一个能让我再次愿意去相信爱情的人。”他略作停顿，又转而认真地凝视着鸳凉，一字一板地道，“但是现在，却不一样了。”

鸳凉自然懂他的意思，却不接招，只是避开了他的眼神，假装专注地继续看碟片。于是沿河也不再说下去，转身去厨房洗水果，过了几分钟端了一盘樱桃出来，又继续刚才的话题。

“你呢？你怎么看爱情？”

鸳凉只是笑着摇头，叹息道：“我怎么看待都不重要……分明是那么幻灭的一件事。”

“没有期待？”沿河递给她一颗樱桃，又问。

鸳凉看着他，她的瞳孔如同黑色的琉璃，沉默的时候有着特别幽深的色泽，眼神流转时却难掩那种醉人的光华。她就这么安静地凝视着他，看起来寂灭而寥落，口中却慢慢说出三个字，“有过的。”

沿河看着她，心里突然无比疼惜。

她说，有过的。

不是有，也不是没有。

而是，有过的。

——那即是说，有过，后来却破灭了。她也曾满心期待和欢喜地爱过一个人，将梦和希望都寄予那个人身上，最后却失望而回。

他看着她，似乎想说些什么，最终却还是什么也没说。

爱情是自由的，可以是一个人的事情，而婚姻却是无法独立的，需要两个人的支撑。沿河知道，眼前的这个女子，纵使看起来清醒寡淡，骨子里却未褪尽天真。他要如何才能够让她明白，她的出现于他而言，太迟了。而她的故事才刚刚铺展开来。他希望，在自己有生之年能够渡过时间这条河，尚有机会与她真心相待。

虽然沿河再清楚不过，他们之间横亘着的，不只是截然不同的情感纹路，还有无声无息的漫漫时光。

那也是那个假期里他们最后一次见面。沿河有足够的耐心，他不急着找她，也不问她的打算和想法，按时工作、休息，经常买碟片，做水果沙拉放在冰箱里。他们之间的方式必须是极端自由的，也只有自由，才能够留住她。

纪沿河在等，这是他一个人的事情。

7

其实鸳凉并非不为所动。虽然人间穿行二十余载，也经历过一些感情，比如承欢，再比如帛然……然而感情一事如人饮水，在一次次繁华与荒凉中辗转沉浮，自诩只用冷眼看世事的凉薄透彻，然而却依旧渴望有一个能够容纳自己的人，来庇护自己的残缺和不美好。

她知道承欢不会是那个人，纵使是自己有怎样的期盼，也是不能够的。

而沿河的出现，给了她感情的第二种定义。他不轻易扯动她的神经，而是给她从未有过的平静和安宁。于是她心存侥幸地想，这未尝不是一种更好的选择。

她决定在下个学期开始之前把自己和沿河的事告诉爸爸和承欢，倒也不是想争取同意，只是觉得应该让自己的选择更加珍重。

宋祺明从东京出差回来后，也有一段时间的休假。好容易闲下来了，却终日不见承欢和鸳凉的人影。承欢忙工作也就罢了，鸳凉却是奇怪，假期也只顾往外跑，早出晚归的，问她也只说是去了朋友那里。

宋祺明心里不是不孤单的，自妻子迟薇过世之后留下承欢，自他十五年前的一次吊唁之行后从福利院接回鸳凉……这些年除了自己的事业，心心念念的便是这两个孩子成长以来的琐事和悲喜。如今他们都长大了，有了各自的小世界，自己却好像与他们的世界显得格格不入起来。

终于凑到三个人都闲下来的时候，晚上便预订了海底捞一起去吃。

宋祺明因为少时家境优越，受到良好的教育，写得一手好字，整个人气质儒雅干净。虽年纪已过五旬，依旧是精神矍铄。承欢就与父亲非常相似，眉宇间尽显英气。尽管有时会给人过于硬朗锋利的感觉，让人有种无形的压迫感。

鸳凉对宋祺明是心有感激的——这个人将她从荒凉惨淡的童年里拯救出来，让她过上了一个普通女孩该有的生活，能够在与父母离散后依然有机会感觉到家的温暖美好。而且，宋祺明对鸳凉也是格外偏袒宠爱，让她从一个怯弱的女童长成如今这般独立而骄傲的女子。

鸳凉心里亦明白，宋祺明和宋承欢，这两个男子，必将是她生命的全部重心。甚至在某种意义上，是他们塑造了她对世界的认知和审美。在鸳凉心里，宋祺明是不会老的，他会一直在，陪伴她和承欢，直至生命尽头。

这固然只能是鸳凉的私心。

那天宋祺明心情极佳，和鸳凉、承欢说着他年轻时和迟薇的事情。说他去北方小村庄当知青时如何认识了承欢的妈妈迟薇，其实也就是鸳凉的姑母。迟薇当年生承欢时因难产而辞世，承欢和鸳凉是全然没有印象的。想来这也应该是宋祺明心头的旧伤，大家也就心照不宣地缄默回避。而此时宋祺明竟主动提起旧事，鸳凉不是不好奇——她只看过迟薇的遗照——照片上不过二十出头的年纪，虽然是七八十年代的打扮，极为朴素简净，眼神却明亮清澈，高颧骨深邃眼窝，像是有着波斯人的血统一般，带着异域风情的美。

“这么说起来……鸳凉，现在的你和那时的迟薇倒有几分相像。”宋祺明看着鸳凉，慢慢地道。

哪里像？虽说是姑侄，虽同样姓迟，却是没有血缘关系的。鸳凉在心里默默反驳。

承欢似是有心事，没说几句话。此时才抬起头来看鸳凉，似乎也在心里与照片中的女人对照，看是哪里像。鸳凉一时有些尴尬，就连忙笑着换话题：“我有一件事情要宣布。”

承欢顿了片刻，也笑道：“呵呵，刚好我也有一件事情要宣布。”

鸳凉突然觉得有些异常，提着一颗心，有些紧张地望着宋承欢。

“呵呵，你们兄妹俩啊……总这么神神秘秘的，快告诉我。”宋祺明看着两人的表情，笑。

“鸳凉先说。”

“哥哥先说。”

如此默契，两个人的话音同时落下。一个是透着关爱宠溺，一个却透着任性偏执。

宋祺明无奈，这两个孩子啊。

他也知道鸳凉的个性，从小被承欢和自己纵容习惯了，一旦决定了什么便固执得不得了，只好向承欢道：“好了，承欢你先说吧。”

“嗯。”宋承欢应了，语气柔和了几分，缓缓道，“也不是什么大事，只是和吟溪商量着，明年结婚。”

宋承欢的语气是那么少见的平静温柔，透着淡淡的喜悦。

而鸳凉却在他说出那句话的同时，感到背脊发冷——仿佛这世上再也没有比这更令她感到寒冷的事了。他选择了婚姻这种郑重的方式和他爱的人执手一生，而她除了作为多余的人退出他的人生，再也没有别的选择。

此时此刻，没有人能懂鸳凉心里的冷。

宋祺明极为喜悦——承欢已经二十九岁，他早些年也嘱咐过儿子，一个成功的男人不仅要对自己的事业负责任，更要对自己的感情负责任。吟溪是个好女孩，不要辜负了人家。那时承欢就总以工作忙推托，不提结婚的事。现在快三十了，终于也算是心定了。

“大概准备什么时候办婚宴?”宋祺明问。

“五一吧。忙过这大半年看看能不能让公司提前批年假。”承欢也没有觉察到鸳凉异常的缄默，一五一十地答道。

……

之后又说了很多话，大抵是订婚宴的计划，工作和家庭的考虑，购置新房，等等。而鸳凉的脑子只有阵阵轰鸣，虽然想要拼命掩饰住自己的伤心和寥落，竟觉得手脚发冷，寥落的心情竟避无可避。

鸳凉只觉寒冷，像是沉入深海般无助。分明在心里一遍遍暗示自己——这没什么，他有他的人生和选择，这些都和她无关，只要微笑祝福就好，又何必再偏执于过往，自取伤怀?况且，不是自己分明已经决意放下了吗?自己不是已经决定接受他被另一个人取代了吗?

这么多年了，难道不该让时间磨平一切，不再自我折磨、自寻不快了吗？

可是，此刻她纵使在心里列出千百个理由试图说服自己，竟还是无法掩饰自己的情绪。自从她明白自己对承欢的感情以来，自她决定独自面对和承担这份感情以来，她就知道这是罪——她必须一次次说服自己用理性去压倒心里的依赖和渴望，纵使，每一次都像是垂死挣扎。

她甚至觉得自己漫长的青春只能用来做一件事，那就是——亲手杀死自己象征耻辱的感情。她像是一个残忍的刽子手，将自己的一颗心肢解至鲜血淋漓。

而此时，鸳凉突然觉得她已经为这份不受控制的感情，透支掉了对爱的所有坚贞和期待。

事何至此，若非情动。

再回神时，宋祺明和承欢正注视着自己，承欢的消息让宋祺明心里有难掩的喜悦，所以就和承欢多说了几句，竟差点儿忘记了鸳凉的事，这才想起来问她。

"唔，我要说的事……"鸳凉脑子一片空白，脸色也是一片惨淡的苍白，"我打算开学忙完毕业论文的事情就考研，去北京。"

"北京？怎么之前没听你说起过。你不是不喜欢北京吗？"承欢有些吃惊，宋祺明也有些意外，等着她说下文。

呵，一分钟前决定的。鸳凉在心里自嘲——宋承欢啊宋承欢，你怎么会知道，你的每一个决定都改变着我人生的轨迹。高考那年，你建议我报考北京的名校，我借口说不喜欢北京，就填了离家里近一些的N大……她一面心里惨淡地想着，口中说的却是另外的话，“因为是哲学专业，要想留校任教的话，学历还是很重要的吧。也想尝试换个环境生活一段时间。”

多冠冕堂皇的说辞，连自己都险些当真了。

承欢也就当真了，不再说什么。宋祺明也笑着安慰她：“也好，读研也就两年。不喜欢了还可以再回来。”

可是，当真还能回来吗？鸳凉心里悲观地想着。

在这筚路蓝缕的人间，每一步走下去，都困难重重。

“也快要开学了，打算明天和唯喜一起回学校。”鸳凉心下凄凉，只想快速地逃离这无力僵持的局面。

8

很多时候，当鸳凉重新回望自己的青春，都觉得那像是一场漫无边际的逃亡。无论多少次，在心里告诉自己只有承担才是唯一出路，却又不住一次次临阵脱逃。感情当前，什么毅力坚持都成了冠冕堂皇的说辞，连自欺都难以自圆其说。

可是她也就当真在自己织就的幻觉中度过了自己的小

半生。

再回到学校，一切都没有变，鸳凉眼里却觉得一切都不尽相同。离散的人消失的事，当真走得比什么都快。她的心里似乎一片空明，似是无所牵绊，整日整日地坐在图书馆里，读书写论文，也不常参加院系里的活动，乖巧得像个中学生。

唯喜倒是不知什么原因性情大变，说是想要放弃舞蹈专业，毕业后正式做平面模特。整天忙着接片子，拍平面作品，连见一面的机会也很少。

十月末，鸳凉二十二岁生日。鸳凉是天蝎座，星座书里说这种人个性深沉意志力坚强，极端冷静和理性。鸳凉自然是不信这些的——倘使这世间没有一个宋承欢让她认清自己原是这么脆弱敏感的一个人，她大抵是会信以为真的。

N 市的十月依旧燥热，这天鸳凉依旧早起去图书馆看完了《蒙田随笔》，又买了一沓宣纸去往美院的画室。二十岁过后，鸳凉觉得生日不过是一个刻度，除了见证时间的流逝，再无其他用处。所以也不觉得要有怎样热闹的故事来装点自己的清苦。

鸳凉已经近小半年没有来过画室，觉得一切已经显得有些陌生。午后的阳光透过窗让人感觉微醺，电风扇发出吱吱呀呀的声音。鸳凉童年时便跟着承欢去书法班，后来长大一点儿，便跟着承欢的老师学国画，不知是因为极有天赋还是因为单纯喜爱，一坚持就是近十年。鸳凉有时会想，自己真是个矛盾体，既爱着现代的虚无主义哲学也爱着泼墨的山水情结，且每一种感受都真实而确切。鸳凉想，也许这也是一种庇佑，可以一直做着自己喜爱的事情。

因为是周末，美院的画室除了鸳凉再无别人。于是鸳凉就在教室中央铺开宣纸，调了墨和水彩，将心里的清寂轻轻勾勒——依旧是莲，只一朵孤莲优雅冷清地盛放在纸张上，莲叶蜿蜒的曲线柔软若丝绸，背景是分不清山水的青黛色轮廓，像是被薄雾蒙住了，衬托得这一朵莲越发孤单。

鸳凉搁了笔，冷眼看着。那眼神，带着一点点自嘲的凉薄，像是看着自己的过去。时间在此静止了，她觉得自己的灵魂像是穿透了风和云层，在高空俯视着自己卑微的心思。如此通透，如此明了。可是，无处不在的却不是自由，是囚禁感。

“鸳凉！”只听门砰的一声打开了，随着一声雀跃的呼喊，一个男孩跌跌撞撞地进入她的视线。

她一时震惊得没回过神来，呆在了原地，看着那个莽撞的人抱着一只很大的纸箱有些不稳地走进来，砰的一声把箱子放在地上。他定是累坏了，此时气喘吁吁地坐在桌子上，一点儿形象也不顾，却也不觉难看。相反，男孩非常漂亮，甚至说漂亮得显得有些过分秀气。白色休闲 T 恤，米色休闲裤，一双长腿在空中晃着。眼睛明亮，此时却像是浮起了一层淡淡的湿气，琉璃一般晶莹剔透。

鸳凉看着他，有些哭笑不得——宁帛然啊宁帛然，你什么时候出现的方式能稍微正常一点儿？

“不是在深圳实习吗，什么时候回来的?”鸳凉问。

“喂！你这是什么态度啊?”帛然从桌子上跳下来，走到鸳凉旁边，“本少爷可是为了你的生日才特地赶回来的，免得你在这空荡荡的地方独自凄凉，能遇到我这么善良可爱的人多难得啊！你还不珍惜……简直让人伤心……”

鸳凉无语，笑着半是敷衍半是调侃地道：“哪敢，我感恩戴德啊。”

宁帛然这才收起了泫然欲泣的表情，又一脸灿然地过去把那纸箱拖过来，“我给你带了生日礼物哦，你猜猜是什么。”

“跟你说了别总这么折腾，不过这么大个，是什么?”鸳凉不忍心让他失望，装作好奇的样子。

“说了让你猜嘛。”帛然索性要起了小孩子脾气，语气有些别扭。他的睫毛在阳光下扑闪扑闪的，如蝶翼般灵动，特别温柔好看。

“唔，是……玩偶?”鸳凉迟疑，却在心里想——谁能猜到你的礼物啊。每年尽是匪夷所思层出不穷的花样。有一次，帛然因为听说鸳凉喜欢古典乐器，竟然买了琵琶、箫、笛、二胡，把鸳凉的宿舍摆得像个小型乐器陈列馆，结果鸳凉却不领情，说他是暴发户心态，根本不懂何为艺术。再后来有一次他自己打了半年工，从日本回来买一套和服作为生日礼物，鸳凉又说根本不实用只能当摆设品。最近的一次——也就是去年，帛然在图书馆楼顶放烟花被学工办以扰乱校园秩序为由被记过处分一次，后来被鸳凉数落说扰人清静，尽给她找麻烦……

每一次，他挖空心思地想办法让她接受他的好意，却总是空手而回。他却也总有用不完的耐心：鸳凉不喜欢乐器就买衣服，不喜欢衣服就买木偶娃娃，不喜欢物质就寻求浪漫氛围。

总有一天，总有一天——也许用不了潮汐侵蚀地表，尘埃风化记忆那么久，她就会明白自己的心意吧——帛然心里有些侥幸地想着。

又或者，做这些事情的时候，想到她可能会被感动被温暖，他就那么快乐满足。

“怎么每次都猜玩偶啊，送你玩偶你又不喜欢。”帛然孩子气地撇撇嘴，然后啪地一下打开箱子。里面整整齐齐地躺着三排书，乍看有四五十本。

“这么多书……怪不得那么沉。”鸳凉着实没想到他会送书，有些错愕地看着。

“嗯……”看到鸳凉这个反应，帛然倒有些不好意思了，“唯喜说你最近总是整天往图书馆跑。刚好去书店，就搬了一些过来，结果比我想象中沉多了。”

“其实很多书去图书馆看就好了，不用这样的。”鸳凉想起学校在郊区，离书城有近一个小时的路程，不禁心里有些过意不去，却不言谢，只是叹息，“再说，你实习得好好的，怎么又回来了？”

“说到实习啊，我回S市了。下周一开始正式工作，巧的是，竟然和你哥在同一个公司，不过我是在法律部……会经常帮他忙。”帛然笑了，又略带别扭地补上一句，“不过我现在只是当助理，暂时的……很快会转正的。”

提起宋承欢，鸳凉的心像是颓然坠落了一般。她不想再说下去，就岔开话题，“走吧，唯喜早上打电话给我说是晚上一起吃饭，顺便捎上你吧。”

“好啊，我先把这些书送到你宿舍。”帛然欢天喜地地去搬那个大箱子。刚移开地面半米远又放了回去，转身帮鸳凉收拾画具和纸笔。看到那张鸳凉刚完成的莲花时，眼神极温柔，指尖落在纸上画面的一处，回头望着鸳凉，有些不着边际地说：“你看这里。”

鸳凉在箱子边站着，正随手翻看那些书籍，此时听他这么认真的语气，也就回过头来，远远地看着他指尖触及的地方——这样从远处看过去，无非一片是青灰黑，只是程度深浅不同罢了。

“你的眼睛就是这种颜色，这像极了你的灵魂。”他说，那眼神亮如明珠，而鸳凉一时失神，竟从那双清澈的眸中看到了一瞬的寂灭感。然而，只是一瞬，鸳凉只把那当成错觉，直接在心里否决了，蹲下身翻着箱子里的书来掩饰自己的仓皇。

“台湾古籍出版社，道声出版社，东立出版社，台湾暖流出版社，佛光出版社……”原本是以散漫心情一本本地翻过去，却不经意间看见侧面的一行行小字——这些书，是他从台湾搬来的？她突然间觉得心酸。那么远的距离，那么沉徇徇的心意。她其实又何尝不知这么多年来帛然所做的一切？只是一直装作视而不见罢了。可是，那些感情——却是一直真实存在着的。只要她愿意，随时都可以触及。

她想起他离校前对她说，没关系啊，喜欢你是我自己的决定而已，和你没有关系的。

可是很多时候她还是很想问他一句，累吗，值吗？为了一个没有结果的等待，这些用心的付出又是何苦？然而每当看见他清朗的笑颜，她终究没有说出口来。

岁月从来刻薄，从不懂得宽容生命里错落的情愁。

帛然看她只是静默着，背着他，翻着那些书，也就默默地卷好画，收起纸笔和颜料墨汁，走过去放在箱子上，只单独把那张画给她，说他来搬剩下的东西，把画放在箱子里怕弄坏了。

“既然是莲，让它自生自灭也好。”鸳凉笑着摇头，接了画就随手扔在门口的纸篓里。

“太可惜了，不如你做个顺水人情送我好了。”不等她回答，帛然就慌忙拾起那幅画，宝贝似的捧着，一脸满足地笑着。可是下一刻却又像是突然想起了什么，顿时换了副泫然欲泣的表情，无辜地眨着眼睛递过手里的画，“我要搬箱子，所以你还是得帮我拿着这个。”

“好了，快走吧。”鸳凉无可奈何，一边想着下次最好离他要多远有多远，真是麻烦得不得了。

鸳凉的二十二岁生日，伴着表面的平静和暗藏的汹涌，紧随着岁月的脚步翻涌而来。然而在这风清月凉的夜晚，一切都是那么的静美，像是所有的事都可以重新开始，也可以随时结束，无悲无喜，无爱无恨。鸳凉和帛然一路随意地聊着天，回去放下书，还未来得及整理，唯喜就打来电话，说已经在校门口等着了，还带了一个人，说一起去校外吃自助烧烤。鸳凉只当是她的朋友，也没在意，就和帛然匆匆出门去了。

还没到校门口，远远就望见唯喜和一个陌生男子站在一辆车前。鸳凉有近一个月没见唯喜了——她穿白底蓝碎花的修身衬衫，黑色长裤，头发蓄长了一些，衬托得一张精致的脸越发温柔娴静。她很少见唯喜作这般素淡的打扮，虽然依旧掩不去眼神里的闲散和慵懒，却依旧让鸳凉有些不习惯。一般来说，女为悦己者容，能让人有这样大的改变的原因，无非是因为遇见某个自己深爱的人——是这个站在她身旁的男子吗？

男子穿正装，眉眼都很文静，没有承欢那种特别慑人的锐利，也没有帛然那种明亮的精致。整个人像极了春风一般温润儒雅——所以他也必定爱那种温润如玉的女孩吧。

——所以唯喜为他改变，为他安静，为他离开自己。

原以为，唯喜这般自由的灵魂，若是有一天爱上某个人，必然是个和她一样骨子里有叛逆，有阴霾，却依旧不羁于现实的人，他应该像是一块有棱有角的石头，纵使没有价值连城，却有自己独一无二的斑斓和形态。而面前的这个人，他像是一块璞玉，被这个世界的规则磨得温润光亮。虽然好，却令鸳凉有些失望了。失望什么——鸳凉自己却也不太懂。是害怕原先那个珍贵的唯喜从此一去不返，还是畏惧爱情让那么自由的她从此不快乐？或者，只是不习惯，不习惯与自己犹如双生的女子心有所属，展开自己难以涉足的故事？就像这几个月以来唯喜突然的改变，让她突然那么的不适应，而在那种不适应里，只有寥落感真实蔓延。

所以，可能还是私心在作祟吧。鸳凉心里想。

“帛然，你这家伙什么时候回来的也不通知我。”还没待他们走近，唯喜远远的已经在喊，帛然更是因为之前去深圳实习，有半年没有见顾唯喜了，此时欣喜地加快了脚步，上前寒暄起来。鸳凉紧随其后，走近了才觉得这个温和的男子有些面熟，却一时记不起来在哪里见过。

“颜祈，你知道的。”唯喜见鸳凉茫然的表情，就回头笑着解释。颜祈也缄默地看着鸳凉，脸上是淡淡的微笑，耐心地等着她回忆起来。

颜祈，是颜祈。对于这个名字的印象还停留在十一二年前，高中生的形象。他是宋承欢的同桌，也是她记忆里承欢的第一个朋友。那个时候大家都那么青涩，穿清一色的蓝白校服。彼时鸳凉已经在宋家生活了三四年，上小学，性格却一直极为内向，不愿与陌生人多说话。放学得早时，她就背着书包在哥哥班级门口等承欢，三个人一起步行回去。有时承欢和颜祈约好放学去打球，就让吟溪送鸳凉回去。

鸳凉不爱说话，人际圈子一向狭窄。整个童年阶段似乎就只有宋承欢，再加上沈吟溪和颜祈。在她的印象里，颜祈还是个阳光的大男孩，极爱笑，笑时脸上浮起浅浅的酒窝，是很有亲和力的人，所以纵使是鸳凉这样不喜欢与人交流的人也并不排斥他。而如今，时隔十年，这个站在她面前的男子，神情温文优雅，眉眼之间隐约有当年的影子，那种温暖明亮的感觉却所剩无几了。经历过不同处境，遇见过不同风景，时间风化掉一个人与生俱来的样子，直到再也找不回旧时的自己。

鸳凉心下不是没有感慨，终于抬起头灿然一笑，像是与老朋友重逢似的，问候一句，好久不见。

“鸳凉，记忆中你还是个扎羊角辫的小姑娘呢。这都快大学毕业了，比以前漂亮了很多呢。”颜祈也笑了，这样眉眼弯弯的时候才能望见那两个酒窝。

“我本来说自己来的，他说他以前也认识你。这不，就一起来了。”唯喜一面说一面拉过鸳凉，似乎有很多话要对她说。“我们走吧，要在凌晨之前赶回来。”又对颜祈道。

这么看来，唯喜还是唯喜，她还是一点儿没变——鸳凉想，也许是自己多心了。于是四个人上了车，一路上说笑着，帛然坐在副驾驶的位置和颜祈聊天。唯喜和鸳凉坐后排。鸳凉笑着低声耳语，问她和颜祈是什么关系。

唯喜听到就笑，笑容妩媚，然后用只有鸳凉能听得到的声音柔声道："爱人。"

于是鸳凉也笑了，静默着不再问。

"宁少爷这次是打算在N市待几天?"唯喜问坐在他前排的帛然。帛然回头一笑，眉眼间满是温柔，"本少爷是在百忙之中抽空来看你们哦，明早就回S市了。你们要记得想我啊。"

"还你们呢。直说是想念鸳凉不就行了。"唯喜撇撇嘴，装作吃醋的表情。

鸳凉也笑了，听他俩有一搭没一搭地聊天。她一向喜欢唯喜说话的方式——随意散漫中带着几分刻薄，却显得极亲切，于是便觉得一切都那么熟悉和安心。

等他俩停下来了，颜祈就突然问鸳凉："你哥现在在做什么？他还好吗?"

"你们一直没再联系吗?"鸳凉有些意外地反问。

颜祈沉默了，只留了一个专注开车的背影，像是没有听到一般。

"他还好吧。现在在一家中美合资的公司做部门经理。说是打算明年和吟溪姐结婚，你应该是知道他们的事的吧?"

颜祈像是在走神，又沉默了十几秒，才慢慢答道："是啊，沈吟溪，我知道她。他们很般配。"不知为何，鸳凉却从这样平淡的一句话中听出了百转千回的情愫——有寥落，有遗憾，还有一些她也描述不清的东西。

那天晚上的状况是，四个人一起喝啤酒吃自助烧烤，帛然不知道从哪里弄来一个巧克力慕斯蛋糕。帛然是一喝酒就特多话的人，絮絮叨叨地说起以前的旧事，无非是童年时在福利院遇见鸳凉的情景，时隔十几年后重逢鸳凉的幸运。仿佛他的悲喜都取决于鸳凉一般。颜祈倒是千杯不醉，对唯喜很体贴入微，始终带着温柔的笑意，眼睛里却没有温度的。鸳凉心里想，只有经历过很多事的人，才会有这样的神色，喜怒皆不形于色。

那天气氛极热闹，鸳凉能够见到唯喜，自然是心下欢喜，聊着各自近来的生活和学业。颜祈也说了一些和唯喜的事。颜祈大学时学广告，工作后在广告公司做媒体公关部分的工作，刚到公司不久，就要筹办一次摄影展，颜祈负责邀请一些摄影师和模特出席，唯喜刚好在被邀请之列，他们便交换了名片算是相识；后来又有一次拍宣传片，颜祈想到唯喜，邀她来做女主角。两个人也自然就这么慢慢熟络起来。

席间更意外的是，颜祈所在的广告公司居然是帛然父亲开的。帛然的父亲亦是圈子里的名人，早些年成立媒体广告公司，大赚了一笔，近年来虽投身古董收藏，渐渐把公司交给下面的人管理，却依旧声名显赫，此时无意间提起来，却又多了一层惊人的巧合。

帛然和颜祈都感慨于世界之小，几人的相处也更显亲切了。

鸳凉在一旁看着这一刻的热闹，却有了一丝走神，她的想法其实很简单，她只希望唯喜的爱可以没有悲伤和阴影，不要像自己这般空负了时光。

晚上过了十一点，散场了要回去。唯喜说是她好久没见鸳凉了，想和鸳凉一起住宿舍。最后商量，颜祈先送鸳凉和唯喜回学校，再和帛然回他的公寓休息。

到学校时，鸳凉和唯喜与颜祈二人告别，十月末的风已经有点儿冷。鸳凉站在车窗外，看着颜祈标准而职业的笑容，突然说了一句话。

鸳凉说："唯喜值得拥有世界上最好的爱，我希望你能好好待她。"

然后不等颜祈回答，便挽着唯喜的手臂转身而去。

——鸳凉知，这只是她的希望，那么真诚而菲薄的希望。

9

鸳凉和唯喜在风里挽着手臂从校门口往宿舍楼走，像是以前很多年里的无数个假期里那样——她们白天去逛街或游玩，晚上就在对方的学校度过，挤在一张床上看电影或聊天。鸳凉只觉得时间渐长，也许以后这样的时刻也再难遇到，就突然笑着说不困，提议买两罐啤酒回去看电影。唯喜也欣然同意。她想起在她们十几岁时的很多个这样的夜晚，就是两个人躺在沙发上边聊天边看一些小众的欧洲电影。电影时常有一些提琴和钢琴演奏的背景音乐，或者主角说一些文艺晦涩的台词。那时只觉时间那么慢，不知该如何挥霍。回眸却发觉时间像流水，静默地流过她们的生命，来不及珍惜和回味，就已经挥霍一空了。

而此时，鸳凉在认识唯喜的第七个年头，觉得这样的夜晚，竟有些纪念意义了。

零点过后，城市渐渐趋于平静，只有路灯寂然地维持着人间的光亮。唯喜和鸳凉坐在地板上找电影资源，最后决定看安东尼·明格拉的《英国病人》。这是题材很旧的片子，多年以前鸳凉看过迈克尔·翁达杰的小说版本，印象淡了，只有那种模糊的诗意感觉还在。鸳凉和唯喜都喜爱面孔线条干净的英俊男人，深蓝眼睛和低沉嗓音像是一种不灭的情结。故事情节缓慢，于是她们就一面看电影一面聊天。

“我以为你还在等李盈年。”说话的是鸳凉。

唯喜看着她，缓缓地摇头，仰头猛地喝下一大口啤酒，眼神犹带着些游移的气息，然后淡淡地道：“那么久了，早忘记了。”

鸳凉记得高中时唯喜喜欢的那个高她们一个年级的男生，高大英俊，成绩优异，性格却是出奇的古怪骄傲，永远是一副冷淡的表情。那个人是唯喜的初恋，毕业后，李盈年去了香港中文大学读书，连正式告别都没有，他就彻底地消失在唯喜的生命里，就像从未出现过一般。

鸳凉总觉得唯喜从未放下过那段感情，只是，四年了，从来没有他的音信。大学时候，唯喜还会在课上写很多信寄出去，地址是他的家，后来才知道，他在毕业前的半年就已经搬家了。再后来，唯喜会在假期回去她们高中的学校，绕着操场一圈一圈地走。那个时候鸳凉看着唯喜，心里总觉得她还在期待着，期待李盈年会有一天突然出现。又或者，那仅仅只是唯喜怀念的姿态。

她想，也许唯喜终其一生是无法忘记他了。否则美丽如唯喜又怎会在大学里一直拒绝所有男生的追求，孤单至今？

而现在，唯喜终于在开始另一段感情时，对那段往事以云淡风轻的口吻说，早忘记了。

是终于不再执迷于那太过年轻的爱情梦想了吗？

“我一直以为你爱的不会是颜祈这样的人。”鸳凉心里有些失落，轻轻地叹道。

“他不符合你的审美标准？”唯喜用半开玩笑的语气说。

“我总觉得，他是有故事的人，有故事就代表着有伤口，也不再对伤害具备敏感性。我更愿意你爱一个简单平静的人。”

“可是，鸳凉啊。”唯喜也叹了口气，“这世间若有真爱，必定不会是选择趋利避害的。美丽与伤害总是共生。”鸳凉知，这已经不仅是一句平淡的叹息了，爱在其中，在劫难逃。

鸳凉静默地看着唯喜，此时她一贯妖娆的眼中竟有了一丝清冷的寥落。而深陷泥沼这些年的她，又怎会不懂这其中的曲折婉转？

“也许正因为颜祈是有故事的人，他能够洞察我的脆弱和希冀，所以会让我迷恋。我们都是骨子里不安分的人，明知故事需要代价，却也宁愿让自己活得充实丰盈，而并不是在虚浮中了却一生。”唯喜接着说下去，那语气极清淡，却也极坚定。

鸳凉知道自己不能够说什么了，祝福是唯一方式。

沉默着，鸳凉的手机铃声突然响了起来——是承欢。鸳凉诧异这大半夜的，他怎么会突然打电话过来，心不自觉地一沉，也没有多想就接通了。

唯喜在旁边静静的，她知道鸳凉和承欢之间的关系，尽管多年以来鸳凉只字未提。虽然可以说是无话不谈的朋友，但宋承欢是她们之间唯一的禁忌。

——喂，哥。

——嗯，什么事？

——你说吧。

——没关系，你先告诉我是什么事。

——怎么会？不会的！

——你别骗我了，一定有哪里搞错了！

——今天白天他打电话来根本没说起过，你骗我！

说到这里，鸳凉的情绪已经有些波动，极力否认电话那边他说的话，表情却已经转为极其悲恸的，泪水险些落下来。又沉默了一会儿，她像是在说服自己接受一件无法接受的事情，最后……终于是放弃了挣扎。

“我知道了。”似乎短短几句话耗尽了她全身的力气，她无力地挂了电话，低着头，头发垂下来遮住了精致的面容，单薄的双肩克制不住地颤抖。

唯喜被这情景吓坏了——她从未见过这样的迟鸳凉。在她的记忆中，鸳凉是那样坚强的女孩子，不管遇到什么事都死撑着，一副假装事不关己的神情。她知道鸳凉并非冷血刻薄，只是感情一旦受伤，伤口便是向内生长的，习惯了所有悲伤都不再溢于言表。而此时，这样的鸳凉，这样脆弱得仿佛一碰便碎的鸳凉，唯喜突然那么害怕，怕她下一刻被残酷的世情所摧毁。

唯喜揽过鸳凉的肩，让她靠着她，心里一阵心疼，她多想告诉她——无论是怎样的事，都终会过去，时间会抹平所有伤口……却不知该怎样，才能说出口。有时，安慰是最为无用的，这样静默的存在和陪伴，就好了。

过了一两分钟，鸳凉似乎好些了，抬起头，脸上有些木然和失落，却唯独没有眼泪。是，鸳凉从来不哭，在她倔犟的意志里，泪水是无用而耻辱的，象征妥协的软弱标志。

她慢慢地开口，语气冷清极了，那感觉像是凌晨三点的大海深处，死一般的沉寂。

她说：“唯喜，我爸爸病了。我想，我需要尽快回家一趟。”

第二场　醒时

时间对勇敢和天真的人/可以表示不能容忍/也可以在一个星期里/漠然对待一个美的躯体/却崇拜语言，把每个/使语言常活的人全部宽赦/还宽赦懦弱和自负/把荣耀都向他们献出

——奥登

1

鸳凉坐在火车靠窗的一边，一只手撑着下颌，眼神飘忽不定地游离在窗外。帛然坐在她身旁，目光紧紧地锁在她身上，那眼神透着深深的担忧。他本该是一个人回 S 市的，而昨晚刚回去不久，就接到唯喜的电话，说鸳凉家里出事了，让他来接鸳凉去火车站。而在这样的时刻，一向

能说会道的帛然也觉得语言之匮乏无力。

鸳凉从上了车之后整个人一直是木然的，甚至是过于平静了。看起来只是纯粹的心情低落不想搭话而已。事实当然不会这么简单——鸳凉只觉得自己此时像是踩在云端，虚浮而空洞。

此时只有承欢在电话里那几句话在鸳凉脑海中萦绕不绝。

——鸳凉。

——我想，我应该告诉你一件事。

——我知道也许这很难接受，但是请你听我说完。

——爸爸他今天体检结果出来了，是胃癌晚期。

——我也不愿意相信，但是你要冷静一点儿，我们今天已经办理了住院手续。

——这么大的事我怎么会骗你？

——我骗你有什么意义？这是我也不愿意面对的事。你先平静一些，现在医疗水平这么高，也许能治得好的……

——医院说抑制癌细胞扩散，要先切除三分之二的胃。所以可能近期就要做手术。如果你有时间，就回来一趟多陪陪他吧。

……

胃癌晚期？她觉得这一切都是假的，她不愿接受。

爸爸一向身体不错，虽然之前也有见过他胃疼——他那时总说没事，年纪大了身体总会有点儿小毛病，吃点儿药就好。可是，那可能是胃炎，也可能是别的什么问题，怎么可能突然如此严重——可是，若承欢说的是真的，那么……

她深深叹息，不敢再想下去。

一路诡谲的静寂，鸳凉像是灵魂出窍了一般，只是专注地看着列车车窗外面闪过的风景，眼神冷漠。三个小时过得像是三年般漫长。终于回到S市，鸳凉和帛然便直接去了医院。宋承欢在住院部门口等他们，依旧是素日里的打扮，一尘不染的白衬衫，远远就望见他正低着头踱步，熹微凉薄的晨光在他的轮廓上打下一层淡淡的阴影，眉间轻轻地皱起，纵使相隔十几米的距离，依然远远地就能感觉到他的疲惫。

直到鸳凉走到他面前时，他才恍然惊觉地回过神来——先是向宁帛然礼貌性地笑了笑算是打过招呼，又转向鸳凉道："那我们上去吧。"宋承欢的声音本就低哑，只是平日里总感觉有锐气，而此时褪了那层锐气，声音便只显苍凉。

鸳凉只是沉默地点了点头，就跟在承欢后面上楼去了。病房在三楼，因为电梯要等很久，三个人就走楼梯上去，一路上都不约而同地沉默，仿佛一出声，就证实了这件事的真实性一般。

病房的门是虚掩着的，鸳凉轻轻一推就吱呀一声打开了。苍白的光若有若无地蒙在地板上，像是冷雾一般，本是极微弱的，而在此时看起来却那么刺眼。阳台上的椅子上坐着一个人，藏蓝色格子的家居服，手里捧着一本时事杂志，眯着眼睛一脸闲适地晒太阳，听到开门声才回过头来看，眼神也是极其温雅干净的。

“爸，我回来了。”鸳凉的声音也有些喑哑，低低地唤了一声，像是做错了事的小孩般，低着头站在门口。她觉得心里的悲怆快要让自己窒息——这一幕是这么熟悉，像是任何一个周末的早晨。爸爸就坐在阳台的藤椅上看杂志，他背后是她喜欢的那盆马蹄莲，紫色的花蓊蓊郁郁地盛开着，高贵清雅，像是永远不会凋谢般，有无穷的生命力。有时她早晨醒来后睡眼惺忪地走到客厅，他就回过神来问她早饭想吃什么，让承欢买回来。他会眯起眼睛笑着对她说：“你看，鸳凉，早晨的阳光多么好。”

而此时，阳光依旧那么好。他依旧回过头来笑，眼神里有带着惊喜，仿佛一切都和平常没什么两样，言辞中对承欢有些许埋怨而对她怀着无尽的偏袒和宠爱，“我让他先不要告诉你。我也是怕你担心，医院啊总是耸人听闻，你从小心态就消极。”又换了语气，轻轻叹息，“不过回来也好，只要不耽误课程，你每次一回学校爸爸就一直很惦记你。”

鸳凉只是点头，本想控制好自己的情绪，说些安慰他的话，却又成了被安慰的那个人。她就这样静静地看着宋祺明，这个把她从悲苦童年中拯救出来的男子，这个给了自己温暖富足生活的男子。他看着自己时永远有着干净的笑意，他的举止永远得体优雅像是天生的贵族。而他现在即将忍受病痛的折磨，而自己却只能远远看着，看时间用一种残忍的方式蚀掉一个人的免疫力、意志力和生命力……

而这个人是她生命中最为重要的人。

鸳凉闭上了眼睛……她宁愿，此时此刻病入膏肓的人，是自己。

已经有多久……有多久没有这样好好坐着和他聊聊天？鸳凉只觉得自己开始畏惧时间的力量了，想要把握得更多，却发觉能够把握的，是这般少。

帛然和承欢坐了片刻就走了。承欢说他中午再来，顺便带午餐和水果来，让鸳凉先在这里陪着父亲。宋祺明依旧坐在椅子上，鸳凉就坐在椅子上陪他说话。

她此时离他那么近，可以看到他脸上每一道微小的皱纹，可以清楚地感知他每一种情绪的变化，她总觉得这么多年了，父亲还是她记忆中的样子——

那样的温雅和煦的笑，那样笔直高大的身材。一如十五年前……十五年前的那个冬天。

那一日大雪纷飞，寒风刺骨，像是要把空气都冻结成冰一般的冷。她只是不谙世事的七岁女童，却因为家庭的变故而失去亲情的关爱。北方边境的卿远县，连福利院都没有，鸳凉只好被病重的外婆送进有很多孤寡老人的福利院，独自怯生生地面对着这个苍茫的世界。

就是那个时候，是宋祺明带着承欢出现在福利院。他眉眼带着和煦的笑意，揉揉她的头发，问她："小姑娘，你叫什么名字？"

"鸳凉。"她躲在角落里，声音低不可闻。

"小鸳凉，我是你爸爸的朋友，是来接你回家的。你愿意跟我们走吗？"宋祺明蹲下来，和她一般高，向她伸出手，温和地看着她，耐心地等着她选择。

七岁的鸳凉，看了看宋祺明，又小心翼翼地看了看宋承欢，往前走了两步，却没有把手递给宋祺明，而是大胆地触了触宋祺明的眉眼，呢喃道："叔叔笑起来真好看。"

宋祺明爽朗地笑了起来，一把把鸳凉抱了起来。

……这孩子，竟和迟薇有几分相像啊！

鸳凉正和父亲聊着天，忽闻有男子的声音带着惊喜在身后唤她的名字。中年男子的声音，沉稳而温和——鸳凉回眸，见纪沿河不知是何时出现的，戴着眼镜，身着白大褂，拿着一沓化验单和两瓶药水。

鸳凉顿时有些错愕——纪沿河是爸爸的主治医生？

"鸳凉，你怎么会在这里？"纪沿河有些诧异，一面问一面笑着走过来把药放在柜子上，又问宋祺明昨天的药有没有什么副作用之类，俨然是责任心满满的医生形象。

“爸爸，纪医生是我的朋友。”鸳凉见父亲也一脸疑惑地望着自己，就向他解释。

沿河也猜出了大概——不过这对父女的个性倒是一点儿也不像。

“其实也才认识不久。”纪沿河也笑了，“所以也没听见鸳凉提起过家里的事情。”

宋祺明就善解人意地笑了笑，有些歉意地对沿河说：“鸳凉这丫头是有些内向。”

三个人正说着，承欢也回来了，带了盒饭和一些时令水果，礼貌地向沿河打招呼：“纪医生也在啊。”

“是啊，纪医生说是和鸳凉以前就认识呢。”宋祺明笑。

又寒暄了几句，纪沿河说还有别的事情要做，就先走了。宋承欢坐在鸳凉旁边仔细地削着一个苹果，削完了切成两半，一半给宋祺明，一半给鸳凉。

等纪沿河走了，他才抬起头来看着父亲，眼神是安宁温和的，语气也是随和的，像是在说一件再普通不过的事情，“爸，等这两天全身检查结果出来，我们就尽快做手术吧。”

鸳凉的视线一直在父亲身上，从未移开，此时不经意看见，父亲的指尖在承欢说出那句话的时候，有一瞬不易察觉的颤抖。

手术，切除三分之二的胃，意味着接下来的日子，要无止休地和癌细胞的扩散作斗争。胃癌晚期是什么概念——宋祺明心里再清楚不过，这样的病，又能有多少治愈的概率?

只是，终究是要面对的事，怎样装作不经意，都要扯下坚强的假面具，去面对软弱的内心。

“好。”沉默了片刻，终于，宋祺明的声音静静地在虚浮的空中响起来，那声音带着空洞的回声，像是对自己的最后审判。

2

黄昏，一天的工作即将结束。纪沿河将一些化验报告放进抽屉里，换下白大褂。正准备离开，却见门口站着一个人，单薄的身体逆着光，看不清楚，像是要被融化在最后一抹阳光里。四周那么静，只听得见钟表的滴答声，女孩子低着头，长发被夕阳的光镀了一层暖黄色。本该是那么美好的一幕，却又显得那么悲伤。

沿河的心也像是被绞着一般，被她的悲伤拉扯得生疼。

“鸳凉。”久久，他才唤出她的名字。

鸳凉应声抬起头，嘴角扯出一个牵强的笑容，直奔主题道：“纪医生，能和我谈谈爸爸的状况吗？我想知道他还有机会康复吗?”

她仍旧叫他纪医生，而此时这称呼却是这么应景，她像是一个孤立无援的病人，等待他的救赎和光明的到来。

“好。”沿河在心里默默叹息，“我们边走边说。”

在她不辞而别以后，沿河想过也许有一天会在人群中再一次和她重逢，却不曾想过是这样快，更不曾想过，会是以这样沉重的方式。

这是第一次遇见鸳凉的那条路。时间比那时早一些，日暮时分，一天最美的时刻。鸳凉的侧脸此时蒙着一层暖色的光，像是幻觉般看不真切。沿河觉得此时鸳凉虽离他那么近，却好像远得无法触及一般。她自从在回廊里说了那句话之后，就一直沉默着。

“鸳凉，叔叔的状况，你哥哥之前大概也告诉过你了。”沿河迟疑了许久，终于打算告诉她真实情况，“宋叔叔的情况并不乐观，主要是因为确诊时间太晚了。胃癌晚期，癌细胞可能已经扩散到其他器官了，而且恶化的情况会很快。照现在的情况看，宋叔叔的病史也应该有几年了。他拖得太久了。”

“几年？”鸳凉怔怔地重复着沿河的话，“你是说……爸爸患胃癌已经很久了？”

“嗯，癌症是持续发展的。最早可能只是胃炎，若是早期或中期也是可以医治的……可是叔叔拖得太久了。你以前也应该在家见到过他胃疼的样子吧？”

鸳凉没有答他，她的唇角露出一个惨然的笑容。

她在想——有几年了。他明明就在离她和承欢最近的地方生活着，她看得见他的微笑他的包容他的温暖他的关怀，却永远看不见他的疼痛他的承担他的隐忍他的伤口。有几次他胃疼的时候，也总是安慰她说没事，只是工作太累了或者开会耽误了吃饭时间，好脾气地哄她说给他煮碗面吃就好。那个时候，如果她多一些在意……坚持让他去医院做检查……

她只觉得后悔万分。只可惜，我们当初挥霍的是时间，回不去的，也是时间。

沿河看着她的神情，只觉于心不忍，便安慰她道："这也不是你们的过失，毕竟谁也不会想到有这样的事情发生……"

"不用说了，是我的疏忽。"鸳凉打断纪沿河，她的声音因为克制痛楚而轻微地颤抖起来，却只是木然地重复着，"是我的疏忽，是我从来没有用过心。"

"鸳凉，你听我说。"纪沿河不忍心看她把所有的责任都归咎于自己，用手轻轻揽过她的肩。他凝视着她的眼睛，一字一板地说："鸳凉，没有人愿意看到这种状况的发生，宋叔叔的手术我会尽力。我们一起尽最大努力留住他，哪怕多一天，也是好的。"

鸳凉的眼神有些涣散，她看着他，却像是听不懂他的话一般，冷冷地与他僵持着。

"鸳凉，信我。"纪沿河深深叹息，隔着她衬衣的棉布质地，他的指尖能够感觉到她的温度。她骨骼和血液的流淌，那么沉寂，那么幽静……他心里某一处，沉睡了许久的温柔和怜惜被唤醒了。他想这时的她，只是他羸弱的病人，需要他的支持和鼓励，需要他给她希望，给她救赎……于是沿河在最后一抹暮色里轻轻拥住鸳凉，只想给她多一些依靠，然后低声地重复道："鸳凉，你要相信我。"

相信呵，这个宇宙上幸存的最温存美好的字眼。

只是，在生死面前，除了天命，她还能够相信谁呢？

手术日期最终定在十一月的第一个星期一，彼时气温降了许多，窗户敞着已经让人觉得有些冷。

早晨鸳凉和承欢补交了五万块的手术费，就在病房里守着父亲。宋祺明已经换了医院的病号服，白底蓝色条纹，有淡淡的消毒水味道，仿佛整个人和医院的药水味融合了，在微凉的阳光里微笑时有种倦怠的安然。唯喜也在，歪着头靠窗而站，和宋祺明说笑着。不一会儿医护人员就来了，在门口喊，317 室，宋祺明。

鸳凉心里咯噔一下，正要去扶父亲，他却自己站起来，坦然地笑道："还没到那么严重，爸爸能自己走。"说着就先跟着医护人员向外面走去，护士已经推了车过来迎接，其余三人跟在后面，承欢在最后轻轻关了门，沿着回廊和他们往手术室那边走。

住院部和手术室之间的距离并不近，跟着那护士从迷宫般的建筑里绕来绕去，鸳凉觉得心也像是被绕乱了，安静不下来。没过多久就到了手术室门口，门是紧闭的。空阔的回廊里只坐着一个女子，垂着眼，似是在等手术室里的人。她衣着麻布衬衫，一双藏蓝色的绣花鞋幽幽在空中晃着，乌发被一支檀木簪绾起，簪尾是简单的兰草形状，古典简约——也许因为在这个时代还这样打扮的人并不多见，所以在此出现也显出些突兀。

只是此时几人都是除了宋祺明的手术，再没有心情去关心别的事。那位护士已经进手术室去了，鸳凉就站在父亲的推车旁边微笑地看着他，想要说些什么，给他一些温暖的勇气。

“叔叔，接下来是你要做手术吗?”坐在旁边椅子上那充满古意的女子突然侧过头来，问道。

鸳凉这才看清她的面容——和整个人的感觉一样。像是古代仕女图里走出来的人一般素净雅致。这女子不过和自己一般大的年纪，抑或比自己大几岁，素颜，不施粉黛，虽算不是美丽，却是清秀到了骨子里——小巧的瓜子脸，狭长的双眼，秀气玲珑的唇，皮肤很白，白得有些惨淡，又配上这身古典至极的打扮，多了丝仙气，不食人间烟火一般。

宋祺明似乎也没有想到这陌生女子会突然与自己搭话，略微错愕之后还是回以温雅的笑容，玩笑似地答：“是啊，年纪大了身体也不听话了。”

“那叔叔真是比简龄好多啦，在家闹了两天都一直不肯来医院。”女子一只手撑着下颌，极无奈地叹息一声，又望着鸳凉、唯喜和承欢，笑意盈盈地对着宋祺明说，“叔叔，你家里人个个都生得这般好看。我看得出你是有福之人，定会平安无事的。”女子的措辞也有些半文不白的，像是半个古代人。

鸳凉心情低落，看她和爸爸搭话本来就觉得莫名其妙，此时听她这么说着，却有了一丝感激之情。顿时也相信着，爸爸这样善良的人定会有上天保佑，会平安无事的……

正这样想着，纪沿河就从里面走出来，笑着和他们打了招呼，宋祺明说等一下进去就要先注射麻醉剂，大概再醒来就是明晚了。最后和鸳凉、承欢、唯喜一一搭了话。纪沿河这些天对他们的关照已经远远超过了医生对病人的关心，宋祺明和承欢心里不是不知，此时也多是信任和感激。

鸳凉此时也觉心有所依一般，默然地望着他不做声了。纪沿河也只是静默地看着她，并无任何言语，那眼神却是灼人的，像是几天前的那个黄昏里，与自己的生命下赌注一般的笃定语气说着，鸳凉，你要相信我。

纵使这人间世情渐冷，这样的情谊，又怎能不信？

3

手术室门开了，里面走出来另一个医生，他朝这边望着，最后眼神停在陌生女子身上，向这边走来。

“你父亲的手术一切顺利，详细情况我们晚点儿谈。”

医生笑着说，“不过手术后要注意，这次胃出血已经很严重，要在医院休息半个月左右。等这次出院了，他酗酒的毛病要改一改了。”迟疑了片刻又补上一句，“简龄还有别的家人在吗？这段时间，你一个人恐怕照看不过来。”

“谢谢你程医生，我会提醒他的。”陌生女子温婉地道谢，又笑着解释，“不过我想你方才误会了，简龄，他是我的爱人。”

程医生显然有些错愕，怔了片刻没说话，只是尴尬地笑笑，“嗯，林小姐很年轻。”

那女子也不再做过多的解释，只是笑笑，之后又询问几句手术的情况以及这些天要注意的事。两位护士推着车从手术室出来，林姓女子也就略略一欠身，准备离去。

在推车经过鸳凉身边的时候，她望了一眼刚结束手术的那位林小姐的爱人——是个比宋祺明略年轻一点儿的中年男子。在麻醉剂的作用下闭着眼睛，眼窝深陷，眉骨极为突出，抿着的薄唇泛着病态的青色。而那惨淡的脸色愈加显得五官清瘦。因为极瘦，整个人藏在白色的被单下，看起来只有像是薄薄的一片。用形如枯槁四个字形容他，再合适不过。

而再看那位林小姐，面目沉静温婉，唇红齿白，正是最好的年华。两个人的年纪差距不是不令人惊异的。回味她刚才平淡的语气，却是真实郑重的，没有一丝玩笑的成分。

这世间，感情原就是这样。旁人以为用世俗的标准能洞察的一切，身在其中的人却知爱只是爱，与任何别的事无关。

手术预计持续到黄昏。中午的时候，唯喜接到颜祈的电话，说还有摄影工作要先走一步，晚些再和帛然一起来看伯父。后来沈吟溪也是请了半天假赶来，承欢就说他和吟溪一起在手术室外面等，让鸳凉先去吃饭，休息片刻，也好储备精力。鸳凉本来坚持要等，后来看到承欢一脸疲惫的神情，突然不忍心，也就答应了。

十一月的天，风卷残云。鸳凉走出医院悠长的回廊，穿一件米色的风衣，就这样走到凉风里去，突然觉得天地空旷，而自己此时是那么盲目。很多时候就是如此——她并不觉得疲惫或者饥饿，她只是茫然。医院的附近多是礼品商店和保健药品商店，鸳凉正踟蹰着，恰好望见街道斜对面的角落有一家咖啡店，古旧的金属门，上面有蜿蜒的复古花纹。门的上方亦是用金属龙飞凤舞地刻着几个意大利圆体的字母，花纹一般的美丽妖娆，隐匿在车水马龙中。细细辨认才看出是字符的意义——Mr. Lonely（孤独先生）。鸳凉有片刻的犹豫，又想到此刻无处可去，就打定了主意在这里休息片刻。

鸳凉推门的一瞬间，耳朵顿时被《Suicide is Painless》（《自杀不痛》）所淹没。慵懒的女声，像是春日里的和风般灌进灵魂里，让人猝不及防。那情景不是不令人错愕——像是闯入了另一番天地。

抬头的刹那，又望见那个身影了。此时她正一个人坐在靠窗的角落静默地望着窗外，米白色的衣衫配合着桌子古朴的檀木黑，衬衫的柔软质地连同整个人被阳光晒穿一般，透明似的。林姓女子此时正入神地望向窗外，长发低低绾成一个松散的髻，素净优雅。

这便是所谓的天涯何处不相逢吧。鸳凉在心里轻轻一笑，又走向柜台，要了一杯拿铁，也向靠窗的位置走去。那林姓女子已经在微笑地望着她，开口道："我们又见面了。"

鸳凉也笑着回应她："一个人？"

"幸会，我叫林清苑。"女子眸亮如星，仰头看她的时候，有种天真的快乐，"一起坐？"

真是和本人一样干净雅致的名字，鸳凉这么想着，拉开椅子在她对面坐下，笑答："我叫迟鸳凉。刚才在医院里，谢谢你的那几句话。"

"你爸爸的手术还未结束？"待鸳凉坐下，清苑轻轻拢下耳边鬓发，笑着问鸳凉。那语气亲切而随意，像是多年未见的故友重逢一般。这便是所谓的"与君初相识，犹如故人归"吧，鸳凉心里喟叹。

她微微恍惚——从来没有过这样的感觉。不知是出于怎样的原因，时间与空间的契合太过完美，此时对面坐着的这个萍水相逢的人，竟让自己有一种要倾吐自己平生的念头了。

"手术时间比较长。"鸳凉叹息一声，收敛了自己都不解的情绪，多少有些敷衍地回答，末了又问一句，"倒是林小姐的亲人手术才结束……”

“他的姐姐此时在病房，有些尴尬。”清苑唇角牵起一丝苦涩的笑，略微有些仓皇地低下头，淡褐色的眸子也像是氤氲了一层水汽般，雾蒙蒙的，像是夏日雨后的清晨，幽雅中带着一点儿萧瑟。“他的家人从未接受我，可能是觉得我们的年龄相差太大了。”她叹息一声，又端起手里的杯子，喝一口杯中的清咖啡。

苦吗？极苦。只是习惯了，也就不觉得苦了。

不需她说，鸳凉也猜到了三分。她和那位简先生的年龄相差近三十岁。三十年，也许对于这个世间来说，只是弹指一挥间的光阴；对于一段感情，却可能是永远的错过。在这个枯冷的人间行走，拥有一份爱不是那么容易，要有足够的运气，要有太多的巧合，而不管哪里错了一步，就步步泥沼，步步伤痛。鸳凉知，这样一份穿越三十年光阴的爱情要顶住多少压力。她懂清苑此时的苦涩，却更敬佩她敢于去爱的勇气。

她俩像是同病相怜的病友，与其说是寻到一些惺惺相惜的温暖，不如说是在冰冷的长夜里，拥着各自的伤痛共同对抗着寂寞。

一时是默契的静默。两个人似乎都有为了这一刻共同的静默而跋山涉水最后终于相聚在此的感觉，这时反倒不知该以怎样的姿态继续前行了。

“姐姐，你果然在这里。”这时有人进门，远远就听见一个透着喜悦的男声趁着二人说话的间隙，于空气的尘埃里遥遥地传来。

清苑和鸳凉一起回眸，然而三个人的反应却各不相同——清苑是平静坦率的喜悦，男子和鸳凉两人的表情都有些错愕，而鸳凉的神情更像是在脑海中努力回忆着什么。

“前辈……也在?”还是年轻男子带着一丝迟疑先开口了——再也没有这般明亮纯粹的一双眼睛了，鸳凉想起来了，那个彼时在日光下为自己心爱的女子奔走的少年。数月未见，蔺屿之似乎消瘦了很多，前面的头发长了一些，碎碎的刘海遮住眉眼，在额角投下一层阴影。此时他穿一件月白色衬衫，黑色休闲裤。可能因为瘦的缘故，看上去比印象中更高一些，只是眼睛里的感觉却丝毫没有改变，纯粹得很干净。

正如此刻，他依旧是一丝不苟的语气尊敬地叫她，前辈。

“呀，你们之前认识?”清苑惊讶，移到里面坐，给蔺屿之让出座位。蔺屿之也就在鸳凉对面坐下，笑答：“前辈和她朋友以前帮过我和晚钟，倒是你，怎么会认识前辈的?”

鸳凉被屿之那声“前辈”叫得分外不自在，就解释道：“我只是你唯喜前辈的朋友，你可以叫我鸳凉，因为我不是圈子里的人，我和你姐姐……”鸳凉望向清苑，在心里感慨这世界有时真是小，不知道该怎么介绍了。

“我和鸳凉也是刚认识。”清苑释然一笑，接过鸳凉的话，又向她介绍屿之，“屿之的爸爸是简龄的表哥。”

鸳凉慢慢地回味她和屿之的关系，心里想——若是像清苑说的这样，论辈分蔺屿之怎么会叫清苑姐姐呢？终于没有问——世情千姿百态，不是靠揣度就能得到真相的。

又随便寒暄几句，鸳凉的心思本就在父亲的手术上，也无心与人交谈，便起身告辞。

屿之本打算挽留，却被林清苑打断了——说是也要回医院看简龄，正好和鸳凉一路，让蔺屿之就在这里打理着咖啡店——鸳凉这才知道，原来这家 Mr. Lonely 是蔺家开的，又想起黛西曾经说过，蔺屿之的哥哥是开模特经纪公司的，应该有不小的家族势力。

屿之听林清苑这么说，就笑着应了。送她们到门口的时候，忐忑地轻轻摩挲着指腹，欲语还休的样子。鸳凉就停下来，等他接下来要说的话。

“迟小姐，能拜托你一件事吗？我和晚钟是想，如果方便的话……见一下你的朋友顾唯喜，算是为上次的事道谢。”蔺屿之的笑容清澈，带着微微的局促。

“唯喜也许只是纯粹想帮她，并不想得到什么回报。”鸳凉释然一笑，向他解释。

“其实，也是还有事情想请教唯喜前辈，希望迟小姐能帮我和晚钟这个忙。”蔺屿之眼神里满是真诚，说完又深深鞠了一躬。

鸳凉本是生性闲散的人，此时被蔺屿之这么郑重对待，竟有些哭笑不得，连忙答应了说一定转告唯喜，并交换了电话号码，和林清苑一起往回走。

4

已经有多久，没有出现过这样遥远苍老的梦境了？

是真实的往事还是杜撰的幻觉，宋祺明自己竟有些分不清了——太远了，那些年轻时的悲凉岁月。

梦境里，旖旎的山水都笼着一层青黛色的雾气似的，蜿蜒向未知前路的铁轨旁边，不知名的荒草林立。是夏日的清晨，一场雨过后，北方干燥的空气多了些许潮湿的温柔，有新鲜的露水在葱茏的草木上，晶莹剔透，像是女子的泪水。

男子和女子沿着铁轨一前一后地走着，保持着缓慢的步调，各怀心事。

“无论去哪里，我都要带你走。”彼时宋祺明二十四岁，青涩面孔，穿蓝色的确良衬衣，粗布裤子。虽是简朴的打扮，依旧掩不住眉宇间的英气。

走在前面的女孩听到这句话慢慢停住脚步，回眸看他——女孩很白，那种白有一种病态的脆弱，眼睛却是比墨色更深的黑，眼窝深陷，看起来愈加清秀。女孩穿红色的布衣，洗旧了，有一种洗尽铅华的残艳。此时她看着宋祺明，只是惨然一笑，本是纯净清澈的容颜突然显现出一种颓然的苍老来。

在那个不符合年纪的苍老笑容中，她缓缓地对宋祺明道：“你自己走吧，你知道的，我喜欢的人不是你。”

“薇薇，其实你知道吗，你并不懂爱。你这样坚持，只会毁了你哥。”宋祺明听她这般说，似是被抽干了全身的力气一般，也不顾地面的潮湿，颓然坐了下来，言语间却犹自抱着一丝期待，挣扎着想要说服她。

“你根本什么都不明白，我们没有血缘关系的。”迟薇漠然地摇头答道，看到他这般失落，似乎又不忍心，也转过身来和宋祺明并排坐在铁轨上，茫然地看着远方漫漫的前路。

“祺明，其实我一直感激你，到现在才道破我的心事。”迟薇缓缓地道，“你是个好人，但是这里本就是不属于你的。我们之间权当梦一场，你回城以后，会有更好的生活。而我和迟息，注定生死牵绊。即使是一起向着地狱坠落，那也是我们之间的事了。”

宋祺明看着迟薇——她眉目如画，干净不施粉黛；她随遇而安，自由得像是随季节而迁徙的鸟。她此时神情寡淡，正语气冷淡着向自己告别，只因她对另一个人抱有倔犟的执念；她决绝而不留余地，从不向命运的悲戚妥协；她不信奉寻常女子渴望的平淡幸福，她永远危险，充满抗争和野性。

这是他倾尽一生去爱的女子。他的视线从七年前遇见她的那一刻起，就再也没有过片刻的偏离。仿佛她就是自己一生的命脉，离开她，他的生命便会如离开水分和光照的植物，一夕凋零。

可是她现在决绝地对自己说，宋祺明，她的人生——

和你无关。

七年了——从十七岁到二十四岁，他的整个青春都与她有关——他所有的坚持，他的爱情信仰，他为能够带着她离开的这一天的到来所做出的所有努力，此刻看来都是一相情愿的事，多么滑稽和荒诞——而他再也没有坚持和辩驳的力气了。

“薇薇……”他最后只是叹息般呢喃着她的名字，却再也说不出下一句了。他只能，最后一次看着她，七年，他们之间的距离那么近，心却早已各自奔赴天涯。

路走到尽头了是否该道一声珍重，然后就此别过。一生一世，再无瓜葛。

当宋祺明即将踏上归程，心里充满了茫然的失落。与七年前的自己的对照刺得人生疼——彼时自己亦是抱着茫然的快乐踏上西行的路途，那时他十七岁。在最好的年华，却对即将展开的暗无天日的涉世路途一无所知，空怀天真的幻想和远大的抱负。无知埋葬青春好时光，却在当时毫无察觉。只觉一切都是大好的光景，北方空阔的天空和灿烂的阳光让十七岁的他充满了盲目的喜悦和充实。包括遇见迟薇，也觉得一切是生命中冥冥注定的。

那时总觉得，人生应该是一段段离奇曲折组成，这样才成得了故事。却忽略了，所有的故事都是有代价的。得到的越多，失去的越多。又或者，你从未得到，却从未停止失去，这就是这个世界的规则。

然而彼时宋祺明却是不懂得的。

而在这一刻，七年的光景如同透明的流水般波光粼粼地从自己的头顶上淌过去。一幕幕情景都了然地被写成了剧本准备被封锁，或者被上演。宋祺明终于明白了，青春已经流失得一滴不剩，而自己在这条河流的尽头，最后只能一无所有。

很多年后宋祺明依旧会想假如——假如自己不曾遇上这“文革”时代，也便一辈子不会踏上这片古老的土地，不会认识迟薇这般摄人心魄的女子。那么也许，自己就会用另一种比现在好上千百倍的方式过一生，那多好。

而他此刻看着余晖下的卿远县，夕阳的光愈加鲜艳了，这壮丽的美从来不曾因个人的悲戚而有半点儿苍白。这里一个多月不曾有过雨水，大地呈现出微微残忍的龟裂纹路。这里是卿远，埋葬他青春时光的地方，一个被贫瘠和热忱交融的地方，一个融了他的爱恨悲喜的地方。他将离开这场虚幻浮梦的栖居地。

宋祺明只带了一件行李，一些途中要换洗的衣服和食物。多少次幻想衣锦还乡的情景，此时却是两手空空。现实和幻想，总是有差距的——他苦涩地笑笑，走着走着便再次不知不觉地来到了迟家的院落前。

木头的栅栏残破不堪，院落里毫无章法地种了些蔬菜和果树，只有向日葵长势极好，燃烧着明丽的黄色迎合着最后一抹夕阳的光晕，像是用颜色赠予他热烈的欢送一般。

祺明正踌躇着，就听见里面传来尖锐的吵闹声，隔着偌大的院落也能听到锅碗瓢盆摔碎的刺耳声音。

“你离迟息远一点儿！你们兄妹俩的事丢尽了我老迟家的脸。若是知道有这天，当初就不该看你凄凉收留你！”迟父怒吼的声音。

“你也少说几句……薇薇这孩子只是一时迷了心窍，她还是懂事的。薇薇你也不想想，你们是兄妹，怎么可能在一起呢？你快给爸爸认个错。这么多年来，我们对你怎么样你也不是不清楚。我们家从迟君走了以后，就剩迟息这么一个儿子了……你也要考虑他的前途啊。”迟母劝道。

“我们不是兄妹。我只是爱他，不会毁了他。而且，迟息他对我也是真心的。”是迟薇的声音，声音轻，但是语气却极坚定。“爸爸妈妈，我很感谢你们这么多年来对我的照顾，但是这不代表我要牺牲我一生的幸福来回报。我会用别的方式补偿你们。”

“你！”迟父气结，怒吼道，“你休想和你哥在一起，除非我死！”

宋祺明进门的时候只看到一地残局。迟薇的身子缩成小小的一团，像是花朵枯萎一般颓坐在地上，眼神死灰一般的寂灭。

“叔叔阿姨，你们别生气，迟薇她必定是有自己的考虑，而且感情是两个人的事，又怎么能归咎于她一人？你们也该和迟息聊聊，看他怎么想的。”祺明笑着替迟薇打圆场。

迟父迟母见宋祺明来了，便双双敛了声沉默着。顿了片刻，迟父才缓缓道：“也是，等迟息回来，我倒要问问这逆子，他就是这样孝敬父母的?!”

“叔叔莫生气，伤身体，等事情理顺了再慢慢处理。迟薇和迟息我是知道的，他们可是县里懂事孝顺的榜样。”宋祺明一面好言地劝着迟父，一面向迟薇使眼色，让她说句软话。

迟薇却只是凉薄地看了他一眼，并不领情。祺明一时有些尴尬地杵在原地。

倒是迟母开口了：“祺明这孩子一向懂事，我们家迟薇若能跟了你，我们也算放心了。”宋祺明来这里后和迟家走得很近，这七年来背井离乡倒像是迟家的半个儿子，帮了他们不少忙。大家也知道他对迟薇的心思，极力撮合却终于未果，迟母心里不是没有遗憾的。前些日子听闻宋祺明要回城了，她也只好放弃了这么多年的盘算。此时迟母也知临别的日子将近，就问祺明什么时候启程去车站，回去做些什么工作之类的话。

宋祺明一一答了，是第二天清晨的车，先和吕叔乘货车一起去兰州，再乘火车行五六日。一路下来，要近十天才能回到。这样远的距离，自此一别，若再相见，当真是茫茫无期了。

迟母轻轻叹息，又对迟薇道：“祺明都要走了，你们年轻人出去走走，说说话吧。这么多年来，祺明这孩子对我们真是掏心掏肺的。”

宋祺明不等迟薇作何反应，便先告辞走出门去。一会儿迟薇也出来了。此时天色已经暗了，两个人一前一后对着林立的向日葵花田静默站着。

“你等下先找到迟息和他说清楚，他和你爸妈说也许状况要好一些。父母总会这样的，嘴上说得狠，心里还是不舍得的。”祺明背对着迟薇，并不看她，只是好脾气地说，“你说话也软一点儿，总这么僵持着只会让事情越来越难办。事到如今，我希望你能按照自己的心意生活。”

那一边是安静的沉默。过了不知多久，祺明在完全沉下来的夜色里听到迟薇的声音——

“祺明，你是个好人，谢谢你。”

宋祺明的眼眶突然有些红了，仿佛这么多年的坚守，只是为这一瞬，也是值了。他回转身来轻轻拥住她，呓语道：“祝你幸福，我们来世见。”他心下苦楚，却依旧执着地想，如果有来世——他仍愿意遇见她。不论以怎样的方式，都好。

说罢便转身——再也没有什么可留恋的了，他想，男人当如是——爱人时不留余地，转身时也就没有遗憾。不论当初爱得多卑微，放弃时的骄傲，却是要保全的。

5

这是宋祺明在卿远县度过的最后一个夜晚。

行李早已收拾好，等着第二日清晨吕叔开货车来接他去兰州。祺明只想好好睡一觉，迎接往后近十日的劳累奔波。想起白天发生的事，他也只好在心里安慰自己——当真放下了，也就心境开阔了，想着天地那么大，剩下的时光里有无限的可能性等着自己。这样也好，人生都是新故事。而自己在年轻时也真是不顾一切地爱过一个人，痛心疾首地错过一个人，然后一生两不相见。

又或许每个人的一生中总该有这么一个人，是注定用来遗忘和缅怀的。就因为有这样完美的缺憾，才成全了完整的人生。

他终究是想开了。

然而世事总要比幻想离奇。那一日凌晨祺明才迷迷糊糊地进入浅眠状态，就被一阵敲门声惊醒。窗外还是一片墨色，灯光都熄了，离日出还早。祺明险些以为是自己幻听了，却听见敲门声又不依不饶地响起来。

吕叔这么早就来了？他心下嘀咕。

他于是披了外衣去开门——脑子还处在浅眠状态中似的，昏沉极了。

这一开门，祺明就彻底清醒了。

迟薇提着一个大包站在门口，看不清楚神情。然而祺明多年后回想起那个场景，总觉得她当时脸上是带着泪痕的。

“祺明，你还能带我走吗?”她丢了魂似的，悲戚地盯着他。

祺明一时愣在了原地，张了张口，却什么也没说出来——他以为她这样的女子，一旦做了什么决定，若再想有丝毫的改变，那真是太艰难了。

“那迟息……”半晌，祺明才缓缓地开口问。

“迟息。呵呵，他是那么孝顺的人。”迟薇笑了，带着刻薄的自嘲。那一瞬的表情，有悲凉、有失望、有心酸、有骄傲，那些复杂的情绪凝固成花一般的笑容，美得惊心动魄。

祺明大致是懂得了——若不是迟息让她失望，她又怎会放弃?

这世上，女子情深，男子薄幸，从来都是这样平淡寻常的事。

后来，再后来……就是如宋祺明最初的愿景一般，他终于带着迟薇一起回城，工作。他们在两年后结婚，他们像是一对再平凡不过的夫妻，过着柴米油盐的生活，被周围人羡慕——这样温柔美貌的妻子和这样儒雅体贴的丈夫，是多么相配啊!

而只有祺明心里清楚——迟薇的心里，除了迟息，恐怕是再也容不下别的人了。尽管他怎么用心地去弥补她心里的空洞，也是无济于事的。

有时，人的感情真的是平凡又奢侈的东西。祺明不强求，他只努力给她自己给得起的东西，让她不再因寒冷而颤抖，因贫穷而痛苦，因失爱而绝望……但祺明心里不是不痛的，每当他想起那个清晨和她一起乘车离开时的场景——那时候她只是一言不发地盯着后视镜里的来时的路，祺明明白她心里还有希冀。也许只要迟息一出现，她就会毫不犹豫地跳下车去，和他一起走。

可是没有——什么也没有，除了漫天飞舞的尘土和蜿蜒空旷的路。迟息终究是没有出现。

祺明心里失落，他只是迟薇为了逃离迟息的借口，甚至连替代品都算不上的可悲存在。可这不能妨碍他对她的宠爱和呵护。无论七年，十七年，还是七十年……

宋祺明醒来时，首先望见的是高高的天花板，日光灯的光线有些晃眼。氧气罩，输液的药水——这些慢慢唤回他的记忆——没有迟薇了。如今已是离开卿远县的第三十四个年头，而迟薇也走了三十年。

十七岁到二十七岁，他用整个青春来爱着迟薇。而她离开后的小半生，他只能抚养承欢和鸳凉，用来缅怀那些美好和荒凉。缅怀到后来，就渐渐忘了，剩下的，只是依稀的影子——到今天，若不是再梦见那些往事，他简直要怀疑，迟薇这个人是否真实地存在过了。

他突然发觉，这一刻，他已经苍老得不再相信岁月中的深情面孔和温柔相待。

“爸爸。”迟鸳凉发觉他醒了，一面轻唤他，一面去握他的手。

“鸳凉。”宋祺明悠悠醒转，声音有些沙哑。他望向窗外，却发现窗帘是紧闭的。好像沉睡了有一个世纪那么久，往昔岁月在眼前一幕幕地过，像是把前半生的路又重走了一遍。手术结束后这些天，清醒时分总是占少数，大多处于昏沉的睡眠状态。有时醒来看见承欢和吟溪，或者唯喜和帛然……更多时候，就如此刻，只有鸳凉一人，静静地在他睡梦中守着自己。他想知道现在是什么时辰。

鸳凉懂了，就解释道：“晚上八点多。纪医生刚把晚上要吃的药拿来了。您不要挂心，好好休息最重要，等好了我回家做您喜欢的三文鱼寿司。”言语间脸上挂着平和的微笑，对待小孩子般宠溺地哄着病床上的男人。

宋祺明应了，这才发觉胃部有刺骨的痛感隐隐地传来，于是忍着疼问鸳凉：“怎么这么晚了还在这里，你哥哥他们回去了吗？”

“他说让我白天在这里，晚上他守着。今天他应该是在加班，就快来了吧。手术结束不久，医生也不让进食喝水，全凭那几瓶营养液，爸爸您好好休息。我和哥哥总是会在的。”鸳凉依旧握着他的手，柔声与他交谈。

宋祺明答应了，依旧觉得眼皮很重。他觉得自己像是走得久了，困极了，躺下来就能立刻陷入深眠。

鸳凉看他又睡了，唇角边的笑容才敛去了，眼睛里的温柔也渐渐沉淀成一种失落，她只能这样——独自面对着冷清的长夜，还有她余下的漫漫人生。

那一夜承欢出乎意料的没有来，倒是唯喜和颜祈来陪伴了她片刻。鸳凉并不在意，想来大家都累极了，尤其是承欢，不能像鸳凉放下学业这般轻易地放下工作，便让鸳凉白天在医院守着，自己晚上来换鸳凉的班。鸳凉推辞说不要紧，一个人就可以照看得过来，承欢却执意不许。在公司和医院之间忙碌辗转，几天下来人已然瘦了一圈，有时鸳凉看着他觉得心酸，却不知该如何改变现状。让他回去休息时，承欢也只轻描淡写说句，不累。

在鸳凉的记忆中，宋承欢一直如是，固执有担当，宁愿自己受苦担着委屈，却不容许她和爸爸受苦。从小到大，她清晰地看见他性格里的矛盾，看那些善良和苍凉的影子在他身上重叠，看他长成一个举止优雅有理想有担当的男子，她看见过他的孤独与骄傲，也瞥见过他的脆弱与坚持。她知道，承欢的性格里有大男子主义的霸道和偏执，但是其实本性简单淳朴，出发点都是善良的。

而她只想让他不那么累，想要帮他多分担一些。不愿再想过多的事，只觉得疲惫了这么多天，他该好好休息，却不曾想到是什么样的缘故让一向守信的承欢都未能如约而至。

这些天来，鸳凉只是沉默地坐在医院的病房里，看仔细了日影东升西落，在地面打下一圈圈斑驳的光斑，看清楚了宋祺明皮肤上的每一道微小皱纹，每一次呼吸的起伏，时间过得那么缓慢，又那么迅疾。

再没有比这样的生活更揪心的了。从前追求太多，选择工作，选择爱情，选择想要的生活，在物欲膨胀和精神匮乏的现世中寻求平衡的支点，总觉人间纷繁，前路太过渺茫。而今，简单地只想家人健康平安。从前不曾在意，以为应该坦然受之的东西，此刻却懂得那其实才是最为珍贵的。

鸳凉心想，她不再强求什么了。如果一切都是命定的，那么她能够释然接受。只是卑微地祈求上天，请她爱的人，爱她的人都平安无事，就好。

……

6

是夜，起风了。

承欢看完市场策划书已经是晚上七点多，早已过了下班时间，只剩市场部的几个员工还在加班赶着做下一季度的广告投放模拟。承欢临走时也就笑着告诉部下，早点儿回去休息，多陪陪家人。

其中有几个是公司的新人，在他们印象中，宋经理经常是严肃认真，一副不苟言笑的样子，虽然年轻英俊又奋进有为，却总是给人难以接近的疏离感。纵使此时笑起来，也没有快乐的感觉，反而显得些许苦涩牵强。或许是因为眸色太深重，笑的时候，眼瞳深处却是冷的——又或者，他本就不是一个容易快乐的人吧。

承欢的公司离医院有一段距离，为了避开拥堵的市中心，他绕路赶到医院已经是晚上九点。刚到医院门口，就看见顾唯喜穿一身深蓝色雪纺裙正从另外一辆车里出来。这个女孩子有着与鸳凉截然不同的气质，却一直都是鸳凉最好的朋友，宋祺明生病以来她也时常往医院跑，和鸳凉一起照顾宋祺明。承欢心里不是没有感激的，于是便摇下车窗笑着与唯喜打招呼。

“哥，我今天一直忙到现在才抽得出空过来看看。鸳凉一个人该苦闷极了。我想叔叔该快醒了吧，就让他无论如何都送我过来看看叔叔。对了，好像你们之前认识的。”虽然关系不算熟络，唯喜却也和鸳凉一起叫承欢哥哥，亲切尊敬又不显生疏，此时见到承欢也是毫不拘束，又出于礼貌，介绍起旁边那个送自己来的人来——

然而，侧身的一刹那，承欢的神情有些错愕，静默地僵在了原地……虽然已经这么多年过去了，再相逢时，他还是只一眼便认出了颜祈。

颜祈却开了车门走出来，淡淡地笑，温和优雅的。两个人只是笑着对视，谁都不愿率先开口。唯喜在一边感到有些奇怪。她想起鸳凉生日那天提及颜祈和承欢的关系，似是已经多年没有联系了，莫非是曾经有过节？

“哎，这么久没见了，我说承欢，你小子那是什么表情啊，是不愿意看到我吗?”终于还是颜祈豁然一笑，开玩笑道。

承欢这才松了一口气似的，也是呵呵一笑，道：“我怕你小子还在为当年的事介怀，不想见我呢。”

“当年太小不懂事，还提那些有的没的做什么。我是真的想寻个机会向你道歉呢。”颜祈言辞诚恳，言下之意当真如唯喜预料，不过好在时间淡泊了往事，经年后也只能释然一笑，宽宥了过往。

三人正说着，碰到纪沿河下班回家。打过招呼之后，沿河便直奔主题：“宋先生我正要找你，想和你详细谈谈宋叔叔的病情。我刚才看到鸳凉在，但是不知道该怎么跟她说。”

承欢听他这么说，心一沉，方才故人重逢的心情也黯淡了几分，便草草告辞了颜祈和唯喜，和纪沿河一起走了。

其实宋祺明的状况并不乐观，承欢心里是有数的。但是当此时，他和纪沿河面对面站着，感觉到纪沿河沉静理性的声音一步步侵袭自己内心的底线，那种感觉还是带着难以言喻的悲恸蔓延开来。

人始终不是无坚不摧的。无论是情薄如纸，抑或情深不寿，心里始终有一块软肉，等待着某一天某件事的发生，被狠狠地戳中，逃半生，伤一世。

男人是这个世界的强者，该更有担当，所以必定直面惨痛的现实。没有回避，也不被保护。

宋承欢在缄默中回味着沿河的话。

——手术还是已经太晚了，即使我们为病人切除了三分之二的胃，还是不能抑制住癌细胞的进一步扩散，而现在能做的事就是靠化疗和药物来延长寿命。这对病人和家属的精神考验都是极其残酷的。从病人的角度来说，要承受根本不能想象的生理痛苦和无休止的化疗负面反应，以及死亡的步步迫近。从家人的角度来说，则是看到亲人一天天接近死亡，却生出无能为力的巨大痛苦。

这必将是承欢和鸳凉人生中最苦难的时段之一，他们是单亲家庭。宋祺明扮演着他们童年和青春关于亲情的全部角色。若说失去，这已经不是寻常意义上的失去，更是生命记忆的缺失，是无可挽回的深刻遗憾。对于鸳凉来说，更是将她变成了冷清的荒原者，这种精神的痛苦并非是童年时候那种物质上的贫瘠带来的。人在成年以后，拥有了童年时幻想的一切，然而，却在同时懂得了精神上的流离失所因无法挽回而更显得残缺悲恸。

要真的在尘世跌宕起伏，真实清晰地走一遭，才会明白拥有过再失去，那感情的落差真的令人绝望。

告别了纪沿河，承欢开着车往医院赶，万家灯火阑珊，繁华至极，却又各自寂寞。承欢感觉自己的灵魂像是飘浮在空中似的，孤独伴随深夜的到来无声蔓延……长进了骨头里，流入了血液里。没有人可以倾诉和分担了。他必须是亲人最后的依靠，可是他也有无助的时刻。

承欢觉得他需要一个人静一静，在这黑暗吞噬整个世界的时分，他多想自己可以逃遁——哪怕只是极其短暂的，他需要时间来理清这些头绪，接受一些命定的艰难，以及——如何告诉鸳凉他们面对的现状，以伤害最小的方式。

他找了一个最近的停车场，把车停下来，然后伏在方向盘上。

他用了整整一晚上才承受住即将失去亲人的痛楚。

出乎意料的是，当承欢告诉鸳凉爸爸每况愈下的病情时，鸳凉的反应并没有预料中的那样激烈，反而太过冷静了——她没有哭泣也没有质疑，只是静静地听着，那眼神有些空洞。然后她像什么也没听懂一样，静静地转过头去专注看着窗外的浩瀚天空。

“哥，有时我会觉得，也许都是因为我是不祥的，所以才会牵连大家，害大家遇到这么多的不幸。”像是过了一个世纪那么久，宋承欢听到鸳凉的声音叹息一般响起，“我的妈妈不要我，我的爸爸那么早就过世。只有宋家愿意收留我，现在却又一次命运给我开玩笑……”

“鸳凉。”宋承欢不忍心再听下去，打断了她，“现在我们不能自责，生老病死，寻常且残忍，谁也不希望发生这样的事。但是既然已经发生，就要我们去共同承担，你已经是宋家的孩子，这么多年来有过多少美好的记忆，所以没有人会认为是你给我们带来厄运。如今……也需要你和我一起伴着爸爸走完这生命中最后的一段路，至少让他有生之年不留遗憾……就好了。”

承欢的眼窝深陷下去，他比从前瘦了一圈，少了平日里那种灼人的锋芒。眼神却是依旧沉静而安定的，像是不论发生什么事，他都会守护着那些他在乎的人。

“还有多久……”鸳凉闭上眼睛，声音有些颤抖。

“可能不到一年。”承欢说出这句话的时候轻轻握住了鸳凉的手，像是要把全宇宙最后的温度都给她，给予她最后一丝依靠。这是自他们成年以后第一次做出这样亲密的举动，命运把他们绑在一起，以亲人的姿态，共同面对生命里的艰难。

那天过后，像是一切都不曾改变似的。鸳凉索性把衣服和一些日常用品都搬到病房去了，不看书也不出门去，只是整日陪着宋祺明，他醒来就陪他聊天，他睡着她就坐在阳台上晒太阳。承欢更加忙碌，一方面无法放下工作，一方面又要照顾爸爸和妹妹，和沈吟溪的婚事更是被搁浅了下来。

在医院的时间像是分外漫长，任何一个人都会觉得单调乏味——消毒水和药物的苦涩味道，身体的疼痛反应和身体各项机能的渐渐老化，日影在静寂里变长变短，却又没有意义。长时间的输液和化疗，但是看不到任何起色。眼见最在乎的人渐渐瘦削，眼神空洞，明白再也无法回到尘世的美好中去了。痛苦感知被放大，时间在此变得迅疾……每一天的结束都是生命流逝的过程……

这是宛如静止的等待，也是疼痛伤口的泅渡。

宋祺明比任何人都清楚自己的病情，虽然大家都默契地选择绝口不提。死亡将要来临的时候，个体是会有感知的。但是他知道自己不能表露任何，因为他的孩子们都是这样坚强地守着自己。他唯一能做的就是装作满怀希望的样子，不再给他的孩子们任何心理压力。

他还是会和鸳凉说很多话，说她和承欢小时候的事情，说自己年轻时候的故事，以及，鸳凉一无所知的，关于她的身世。

宋祺明心里不是没有苦涩。原以为这些陈年的纠葛，埋在时间里就自然慢慢风化了。让伤口不留痕迹地消失，只是这死亡的对照，突然让人心变得通透，想要把自己最后能够给予的都留下来，或许才是最好的选择。每一个生命都应该得到尊重，在面对情感的真相和人生的根基时。

迟薇，迟息，桑彩……那些故事也在这番诉说中又回来了。绮丽得像是梦境，也像是光，寸寸照进现实——日影东升西落，江河奔腾不息。爱恨，真相，离别，一幕幕往昔的剧本投影在三十多年后的病房里。鸳凉终于在平淡的叙述中明白，那些她不曾涉足的过往，原来竟有着那样惊心动魄的情愁。

7

彼时已经是深冬一月，快要除夕了，2010 年即将来临。时间总是这样，不因为任何人事拖延等待或者加速脚步，温柔得很残忍。S 市的冬天阴冷潮湿，偶尔飘起一点似有若无的小雪，并不觉有特别的美感，只觉寒冷隔着窗户玻璃直袭人心。

虽然外面寒风刺骨，医院里的暖气倒是开得很足，宋祺明已经习惯了接受无止境的药物和化疗，他穿着蓝白相间的病号服，头发明显掉得厉害，稀疏了许多，泛着黯淡的灰白色，原来挺拔的身材变得异常消瘦，脸色也不好，只有举止间还依旧留着旧时的温文儒雅。

鸳凉专注地削着一个苹果，广播里放着天气预报。

“今天最低气温有零下五摄氏度啊。鸳凉你给你哥打个电话……让他晚上把你那件厚点儿的羽绒服带过来。你下次出门穿着就不会那么冷了。”宋祺明好脾气地叮嘱。

“我不冷，我也不经常出去的。”鸳凉抬起头来，笑道。

“鸳凉，你不要任性。人年轻的时候不觉得，总是不在意自己的身体，老了以后就会后悔。你也看见了……像爸爸这样——”说到一半突然停住了，宋祺明无奈地笑着，微微叹息。

鸳凉注视着宋祺明，那一瞬间她清楚地看见他所有的寥落和遗憾，不禁一时语塞。

“鸳凉，你还记得小时候的事吗?”宋祺明看她错愕的神情，连忙笑着问其他事，欲将方才的事不动声色地一带而过。

鸳凉回过神，反应慢半拍似的，慢慢摇头——是真的模糊了。她只依稀记得生母走的时候脸上那惨然的笑容，现在还会偶尔闯入她的梦里，提醒着她：迟鸳凉，你是个没有感情根基的人，你是被抛弃的存在。或者还有生父的死亡，也许他还醉着，到死之前的一秒都还未清醒过来，便去了另一个世界。他的脸因为强烈的撞击和雨水的浸泡变得扭曲肿胀，让人辨不清原本模样。而这一切发生的时候，她不过是五岁的女童。若说印象，也只剩一些抽象而朦胧的残片，悬浮在记忆和遗忘的边缘地带。

死亡是个什么概念，对于那时的自己，还并不是十分清楚。

而且，这么多年来，宋祺明从未主动提起过旧日往事。鸳凉亦不问，她只知——他于她，是恩典。若不是宋祺明的出现，她便不知道自己如浮萍般的生，会降落在哪里，又是以怎样的方式过一生。而此时宋祺明十几年来第一次主动提及，却让她有些不知所措了。

“爸爸也不是想瞒着你，而是想等你长大了再告诉你这些事的。”宋祺明的笑容多少有些寂寥，“这是关于你父母的故事，也是关于你自己的故事。很多事情埋起来也许就成了永远的秘密，但是你是有权利知道事情的因果的，因为，并非所有的发生都只是命定的巧合那么简单。”

迟鸳凉直到二十二岁，才伴着宋祺明的回忆口吻慢慢地掀开岁月的面纱，看清自己父母亲的故事，看清原来世事纷繁，曾经有这么多深情寡义的面孔一张张褪去了当日荣光，最后永远地消失在时间里。而自己，是传承这宗血脉的最后人选。

“那个年代真是发生了许多在现在看来匪夷所思的事情。那个时候我家里是文化家庭，条件算不上优越但也过得充裕自足。我十七岁的时候高中毕业，因为国家的号召离开这里下乡至卿远县。我在那里遇见迟薇，她应该是你的姑姑……那个时候队里男孩多于女孩，迟薇的父母是安徽徽州的落魄商人，流落在卿远县已经有一些时日。迟薇漂亮又聪明，很讨人喜欢。那个时候队里的男孩大多都喜欢她……当然，我也不能例外。

“当时你爸爸迟息是队里年纪最大的，记忆里觉得他个子很高，沉默英俊，待人友善。我接触迟薇也是因为他的缘故——因为是好兄弟，所以我有时会去迟家吃饭。迟家的父母也亲切极了，你奶奶的厨艺在那个年代是很少见的。”宋祺明的思绪像是飘远了，唇间牵出一抹自然的微笑，“后来就渐渐和迟薇熟悉了……我也因为对迟薇的好感，整天和迟息混在一起，跟在迟薇后面献殷勤。

“迟薇……那时候当真是个特别的女孩。温柔，活泼，倔犟。有时觉得和你是有几分相的，但是你比她沉静得多。那个时候我总是辨不清她的心意——世界上有种人，她对你说话时，你觉得全世界她唯独在意你。后来才明白，那是错觉，只是她温柔的本能罢了。我用了七年，揣摸她对我说的每一句话，耗尽了所有心思取悦她，才算明白了她的心思。迟薇爱的并不是我，只是借着和我相处的时间，成全自己爱着另一个人的心意。”宋祺明说到这里，眼神有些寥落。事实上，当鸳凉听到这席话时，心里也不是不震惊的——迟薇若非深爱着宋祺明，怎么会跋山涉水从极北之地远离故乡，丢弃熟悉的亲人和生活环境，选择和他相守一生？

“迟薇爱的人，是她的哥哥，也就是你的爸爸，迟息。”宋祺明看出她的疑惑，慢慢地解释道，“那时候我才知道迟薇并非迟家亲生的，迟息原先有一个亲妹妹，刚出生没几天就因先天性心脏病去世了。你爷爷又非常偏爱女孩，于是便收养了旧时故友的女儿——迟薇。迟薇到迟家的时候已经有十三岁了，她知道自己家庭的事情，也明白自己和迟息并非亲兄妹。但是在那个年代——这样的事还是不被允许的。

“况且他们还是有着血缘关系的。

“他们之间的感情，才能被称作真心相爱。只是依旧抵不过世情和舆论的巨大压力，迟息答应了父母不会和迟薇在一起。那个时候恰逢我回城，迟薇心灰意冷，决定和我一起远离那段疮痍的感情。”

“爸爸你就接受了？她并不是因为爱你，而是因为逃避旧爱，这样的心态，你不会介怀吗?”鸳凉问。

“回城的前两年我已经知道迟薇和迟息的事情了，我并不觉得迟薇有什么错，况且，那时候也只有我能帮她。我不知道如果将她孤身一人留下来，她将要面对怎样困苦的人生——世界上并非只有迟薇一人深情。爸爸当时对她付出的感情，不比任何人少，甚至也不比迟息微弱半分，只是迟薇却总是装聋作哑……也对，当心里有了一个人，那么其他人再怎么好，也只能是徒劳的摆设吧。”

“后来呢……”鸳凉已经有些迫不及待了——她明白事情不会只是如表象这样——迟薇和宋祺明结婚，迟息，也就是她的生父最后娶了同县的女子一般……这么简单。

“我和迟薇结婚了以后，再也没有听到过迟家人的消息了。而我和迟薇的日子过得也并不快乐，这并非源自经济上的问题——而是迟薇，越来越郁郁寡欢。我们结婚两年后，有了一个孩子。我本以为这个孩子会给我们的生活带来一些改变，至少迟薇不会再总是抱着回忆闷闷不乐。她怀孕的半年多时间里，性格也确实温静淡然了许多。”

再不用说了，后来的事情鸳凉是知道的——迟薇生下宋承欢，因难产而撒手人世。

只是说到这里，宋祺明却迟疑了，像是触到了内心最疼痛的一块禁地。往事又变得像昨日发生一般，历历在目。

……

8

“迟薇确实是难产，但是当时我是有选择的——是选择母亲，还是选择孩子。只能有一方可以幸存下来。”宋祺明深深吸了一口气，道。

“你放弃了姑姑?”鸳凉错愕。虽然抉择艰难，但是事实还是让她觉得不敢置信，以宋祺明的性格，他是会拼了命也要保全迟薇的生命吧?

“那个时候医生向我转达，迟薇只要保孩子，她自己无所谓，但是也需要我的同意。可是你想，那个情况下我怎么可能同意?孩子没了可以再有，可是迟薇，她是我一生最珍视的人，纵使让我宋祺明此生断子绝孙，也要护她周全。我哄她，对她说尽好话，但她依旧不许——她说我是在谋杀她的孩子，要是孩子活不成了她也不会活着。我甚至不知道她一心求死的决绝是从哪里来的。最后我一意孤行地告诉医生打镇静剂，不管怎么样都要保住母亲生命。

“我们的孩子死了，但是我不敢告诉迟薇。在迟薇因为药物作用陷入沉睡的二十多个小时里，我茫然无措。然后等迟薇醒来后，我骗她说我们太幸运了——我们的孩子安然无恙。”当时医院里恰好有个刚出生的小孩被遗弃了，我就说我要领养这小孩，并求医生帮我暂时隐瞒迟薇。

那个孩子就是承欢?他和宋家并无血缘关系?鸳凉惊

愕地看着宋祺明——这个温文儒雅的男子，年轻的时候竟会为了自己的妻子做出这样疯狂的举动，而这一切只为了，想她平安。

“呵呵，太疯狂了——当时的我甚至顾不上别的。我不曾料想，欺骗和谎言维持的假象有多么脆弱。可能那时候我太过年轻，还是想得太天真。以为至少我的家庭不会支离破碎，落得个凄惨的下场。

“可能母子血脉相通吧。迟薇产后只活了七天，她说她梦见她杀了她的孩子，她一手是血。她梦见她在黑暗的海底，她觉得窒息。我们去问过医生，医生说是产后抑郁症，正常的现象，只是需要一段时间来调整心态。那个时候承欢还很小，迟薇根本不抱他也不看他。她说那不是她的孩子。我一面要带孩子一面要照顾她。后来有一天晚上，我睡着了，再醒来，发现她已经断了气，她脖子上的动脉被自己切开，血流了一地，无可挽回。”

鸳凉深深吸气，她凝视着宋祺明——

鸳凉承认此刻他看起来苍老了，但是每一道皱纹里都只有温柔。她从不曾想过，这个温文儒雅的男子也有过那样阴暗潮湿的青春时代，她仿佛嗅到了空气里浓重的血腥味似的。又想起照片里的迟薇，美丽而脆弱，眼睛幽静神秘。原来那样美好的人，也会以这样的结局，终了。

“所以我终究还是没能留住她……只留下了一个原本不属于我们的婴儿。承欢这个名字，也是抱着一份美好的希冀，他的生命承载了我和迟薇从未得到的欢乐奢望。”

原来承欢也不是宋家的孩子啊……鸳凉心里轻轻叹息。

往事太过丰盛，倾吐而出之时却太过沉重也太过薄凉。她无法想象那些深情在经历的当时是如何步步泥沼地走到今天的。爱的人消失了，只留一个卑微的梦用来承载快乐的想望。

承欢……愿他能够承担他的父母在世时所丧失的欢乐希冀。

故事至此其实只进展到一半——那么后来呢？宋祺明又是抱着怎样的心情再一次回到原以为永世不再涉足的卿远县，并和自己的生命有了交集的？依旧有太多疑问，无从梳理。

鸳凉正要问，却见承欢进来了——他穿一件深灰色的羊毛大衣，依旧是一身未减的英气。一般工作日里承欢都要到下班后才过来，只有周末才会这样一早就赶过来。宋祺明和鸳凉都未料到他一早就出现在这里，所以才这样肆意地倾谈着过去沉重的事，一时看见承欢，都没回过神来。鸳凉心里有些忐忑……不知刚才的谈话他有没有在无意中听到。

“承欢，你今天不上班？”宋祺明问。

“不是，今天太冷了，帮鸳凉把这件厚的大衣带来。”这时鸳凉才注意到他提着一个巨大的纸袋，指节因为一直裸露在冬天的冷空气里，此时已经被冻成浅青色。“刚才唯喜打电话和我说，今天要和你出去见个朋友。你手机停机了，我一会儿去替你交话费，她一会儿直接来医院找你。你出去时多穿点儿，爸爸这里我让吟溪请假过来。”宋承欢把纸袋放在柜子上，一股脑地说完了。又转向宋祺明，问他昨天睡得怎么样，神色平静安定，并没有什么异常——鸳凉看着，在心里推算，他肯定是没有听到的。心下有一些庆幸，又有一丝失落。

“对了，我带了生煎和豆浆过来。鸳凉你趁热吃了，我得回公司了，晚上下班了再过来。有事随时打我电话。”承欢看了看表，又细细地交代着。可能是时间很紧，说完便转身走了。

“承欢长大了，懂事。”宋祺明看着再次闭合的门，听到渐渐远去的脚步声，慢慢地道。

鸳凉缄默，她知道承欢的成熟稳重，也因为这样一次次细致的关照而深深动容。此时知晓了迟薇和爸爸过去的故事，又对承欢有了更多的怜悯和心疼。

也许，“爱”这个字本就是独立的，它甚至与性别、年龄无关。它只是内心最真我的映照。只是，那个惨然的结局——是否也投射着现实，告诉鸳凉，你该放弃了？

宋祺明也不再提及刚才的话题，像是一切倾诉都不曾发生过一般。他让鸳凉吃了早饭打点好等着唯喜一起出去，成日窝在医院里难得能出去走动走动。

鸳凉应了，脑海中却依旧走马灯似的回放着刚才宋祺明说的往事。那些语言似乎都活了，变成旧式的电影胶片，那些生动的场景也在眼前一幕幕播映起来。

她觉得自己生命的容器还无法承载得了这样刻骨铭心的故事。

而自己的故事，也许还未掀开真正的篇章。

那一天，鸳凉和唯喜走后，吟溪还没有来。只剩宋祺明一人，在空荡荡的病房里，看着菱形花纹的白色天花板……回想着那些旧日光景。

——如果再给自己一次选择的机会，那么会不会做出和当日相同的选择？带她远离迟息，自以为能够给她快乐，却在本质上让她远离了快乐。

他回忆起迟薇生命弥留的几日里——她在神志迷糊里依旧喊着迟息的名字。即使迟息没有勇气接纳她的感情，她还是那么想念他。她神志清醒的时候，眼神总是悻悻然的，带着让他害怕的病态绝望。然后她终于选择死亡来结束一切，因为她无法在尘世间寻到任何的意义，只除了，她曾经爱过一个人，耗尽生命的力量……她的一生，是这样卑微而壮烈的。

宋祺明只觉自己所有付出的努力都是镜花水月——只因自己是错的人，纵是相隔咫尺，也早已在天涯之外。而如今，自己作为那场感情浩劫的最后一位幸存者，也将以属于自己的方式消失在时间之野了。

一切都将不留痕迹……伤口和疼痛，坚持和执念，都以死亡为封缄，归往虚空的极乐净土。

宋祺明突然觉得这或许未尝不是最好的结局。

9

依旧是在 Mr. Lonely。在这两个月里，除了医院，这里似乎成了鸳凉去得最频繁得地方。照顾宋祺明的日子里，鸳凉的社交处于半封闭状态，但是人生如此，纵使在低谷里，亦不乏一些惊喜的收获，比如蔺屿之和林清苑。都是曾以为在尘世里遍寻不到的人，却因为一个微末的理由相遇相惜，令人心生欢喜。也会在那里偶尔遇见秦晚钟，遗憾地是和她总聊不来，因为晚钟是太过现实功利的女孩子，和鸳凉想法和追求有所不同，所以很多事都像是隔着层屏障似的。

清苑信奉佛教，这天去了佛堂读经。咖啡店里依旧冷清，鸳凉和唯喜进门的时候，店里正在放 Tomas Wells（塔马斯・韦尔斯）的专辑。温暖和畅的声音中，蔺屿之穿一件浅茶色的羊毛衫，在吧台后面悠闲地调着一杯花式咖啡。每次来到这里时，鸳凉都会有种错觉，像是踏入另一个世界，这里没有病痛也没有死亡，美好温暖得像是脱离尘世一般。Mr. Lonely，多美，连孤独都那么优雅。

唯喜是第二次来 Mr. Lonely，上次是鸳凉帮蔺屿之的忙带她来。这次却是唯喜主动提出的，唯喜一向让人摸不着头脑，这次依旧不知道她葫芦里卖的是什么药。屿之一抬头看见是她们，很是惊喜。待二人坐下了，屿之说是刚学会煮新的花式咖啡，邀她们一起品尝，说罢就回吧台那边去煮咖啡了。

“唯喜，不是说要见个朋友吗，怎么想到来这里了？”鸳凉好奇道。

“可不是，我受帛然的托付，帮他邀你出来，见见你这个大忙人。”唯喜抿嘴笑，“我开玩笑说鸳凉认识了一个好温柔好可爱的男生，他就急了，说什么让你别上当，一定要见见这个人。”

鸳凉也会心一笑——唯喜还是这么古灵精怪，总能在乏味的生活里找出些乐趣来。不过说到帛然，还真是有一阵子没见过他了。鸳凉是知道帛然对自己的心意的，所以平时很少主动联系他。一是不愿造成误会，二是不愿给他带来麻烦。连多余的关心都免了，才能过得清静无忧些。

这时又听到开门声，唯喜和鸳凉都以来人为是帛然，双双回头去看。出现在门口的却是秦晚钟，穿一件白色大衣，流苏元素的短靴，如公主般可爱亦不失优雅。鸳凉心想，看来和唯喜来得不是时候，打扰了小情侣的私人时间。倒是蔺屿之丝毫不介怀，兴高采烈地走出吧台迎接秦晚钟——他似乎永远那么的精力充沛。秦晚钟并没有看到角落里的唯喜和鸳凉，神情里有种特别疏离的淡漠感。

“屿之，我今天来是想跟你说一件事。”秦晚钟身材瘦弱，此时低头垂眸，站在蔺屿之面前像是个没有长大的孩子。

“要不咱们晚点儿说吧……今天……”蔺屿之有些尴尬，却还是好脾气地建议道，一边回眸欲告诉秦晚钟，唯喜和鸳凉都在。

“屿之，我们分手吧。”秦晚钟的声音轻而坚定，打断了屿之的话。她轻轻地攥着拳头，不敢看屿之的表情，只是低着头看着地板。

蔺屿之一愣，鸳凉和唯喜也愣在了原地。空气好像凝固了似的，四个人都诡异地缄默着，连呼吸都害怕惊动了时间似的。

“你在胡说什么啊！”半晌，蔺屿之才回过神来。他勉强地笑一笑，像是听到了个玩笑般毫不在意。“唯喜和鸳凉来了，你可以和她们聊聊天，是不是签约的事情不太顺利所以心情不好？我的晚钟，你可千万别跟我开这样的玩笑。在外面冷坏了吧，我给你煮杯咖啡暖暖身子……”任是谁都可以看出屿之笑容里的不自然，说出的句子也是凌乱的，他只是在努力地掩饰着内心的仓皇。

秦晚钟似乎也没有料到唯喜和鸳凉在，目光有些歉意地投向角落里的唯喜和鸳凉，她有一丝迟疑，但是只是片刻——她重新看向蔺屿之，然后重复了一遍：“也许这个时间不适合，但是对不起，屿之，我没有骗你，我不爱你了。我们分手吧。”

遇见这样的情景，唯喜和鸳凉多少有些尴尬，再待下去也觉得不合适，只好告辞了屿之，又顺带对秦晚钟劝几句，都是“别冲动着做决定，坐下来好好谈谈”之类的话，便出去了。

唯喜和鸳凉走出 Mr. Lonely，又回到了冬日冰冷的空气里。宁帛然还没出现，唯喜和鸳凉也不知要去哪里，只好给帛然发了短信，站在离咖啡店不远的街角处等他。

“自古言女子痴情。有时也未必如是，遇见了对的人，男子也会陷入感情的迷局。”鸳凉叹息，却不知自己是在感慨蔺屿之，还是在惋惜爸爸年轻时的爱情。

唯喜沉默，对于蔺屿之和秦晚钟她并没有太深的了解，不过只是见过两三次，至于他们的感情描述，则都来自旁人的描述，却是没有亲身经历过的。感情一事向来如迷局，所以此时亦不敢轻易妄言。

两个人站在冬日里的街角处，冷风吹得人摇摇欲坠。好在帛然很快就赶到了，看她们站在外面等他不由得觉得奇怪，转而又一脸正经地说是要见什么“情敌”。

鸳凉哭笑不得，只好没好气地说了一句：“你情敌失恋了。”

帛然眨了眨眼睛，像是认真地思考着什么，然后突然参透了这句话，欢天喜地对唯喜炫耀道：“你看，我就说鸳凉不会抛下我去喜欢别人的吧。”

唯喜笑起来，鸳凉气结——他还真是有想象力。

三个人商量着要去哪里坐着说话，外面着实太冷。这附近本来就只有 Mr. Lonely 一家咖啡店，此时却是不方便再进去的，只好另寻去处。最后帛然建议去思阮路上的甜点店，不过要乘半小时车。鸳凉想了想，确实没有更好的选择，只好同意了，说下午早一些回来。

10

三人离开学校后各自忙碌，见面的次数比起从前少了很多，鸳凉的爸爸生病以后，大家更是很难有闲情一起吃饭聊天，遇见和经历的人事愈多，愈觉生命背负的分量之沉重。此时难得的重逢日，也少了从前那样的轻松和单纯。

鸳凉更是很少在帛然的面前提及自己的事——休学这三个月以来，她生活的全部就是爸爸一天天恶化的病情和越来越沉的心理负担。帛然依旧在说工作上遇到的事情，毕竟是法学专业的人，口才很好。本是沉闷普通的话题，从他嘴里说出来也觉得生动有趣。

鸳凉却依旧褪不去疲惫，勉强打起精神来应付。

倒是唯喜看出了鸳凉的倦怠，一顿饭时间过后就提议散场回家，说宋叔叔需要人照顾，还是早点儿回去好一些。帛然本也没什么重要的事，只是担心鸳凉的状况。看到她此时的憔悴瘦弱，更是觉得心疼，却偏生不能做些什么。只想让她能够有片刻的轻松，在沉重的岁月间隙里歇一歇，再重新行路也好。

从地铁站出来，又经过 Mr. Lonely，吃过一顿正餐再加上路上来回消耗掉的时间，此时已是午后三点。鸳凉本已走过了咖啡店，却有些不放心蔺屿之，又折回来走了进去。

门虚掩着，轻轻一推就开了。

店里很安静，暖气很充足，CD 机停了，没有音乐，也没有人。冬日的阳光透过朝北的窗柔柔地洒在地板上，有人进来的时候，便有了跳跃的斑驳日影，像极了那日鸳凉第一次涉足这里时的光景。

蔺屿之呢？鸳凉疑惑——总不至于这么店门大开着就走了吧？再往里走，终于看见吧台下方的地板上坐着一个人，被高高的柜子挡住了，只露出一截淡茶色的毛衣衣袖和一只苍白细瘦、骨节分明的手。

“屿之？”鸳凉试着轻声喊。

地上的那个人很久才有反应，慢慢地转过头来，鸳凉这才看到屿之眼边有依稀的泪痕。鸳凉第一次看到屿之这样涣散的、带着深深伤痛的眼神。那一瞬间她心里亦有些失落……这两个月来她看见蔺屿之的明亮温暖和专情执着，他像是不染尘埃的童话少年。而此刻，这个童话也因一场遗憾的爱情而宣告破碎剧终。

是否这枯冷的世间已经自私到容纳不下太过完美的人，所以面对爱情的劫难时每个人都不能幸免于难？

"晚钟走了吗?"许久，鸳凉也在屿之旁边坐了下来。她猜想也许屿之需要时间来沉淀自己的心情，却依旧无法让自己放任他这样不管，于是淡淡地问。

"嗯。"蔺屿之像是全身的力气都被抽空了一般，声音低不可闻。

"你那么爱她，怎么不试着挽留?"鸳凉叹息。其实她并不是不知道，若是人心走了，挽留是没有任何意义的。但是她本意亦不在于此，只是想和他聊聊天罢了。

"或许都是我的错，她从来没有真心爱过我，是我太一意孤行。"蔺屿之苦笑。

她一时语塞。若一个人用了真心，竟是这样执着，爱是错，连不爱都成了自己的错。

鸳凉又想起早晨宋祺明告诉她的那段尘封的往事。这世间，若不是因为一个"爱"字，怎么会有这么多本该幸福生活的人落得不堪下场?那么，谁能告诉她，"爱"究竟是怎样的存在，竟可以站在高处，高傲地睥睨着世间，冷笑着在世人伤口上撒盐，却丝毫不顾匍匐于他脚下的臣民如何向他祈祷祝福的真挚心情……

鸳凉心里像是积了层冰冷的薄灰，带着凉意笑着。

"你爱人的心有多真，只源自你的孤独有多深。"鸳凉对蔺屿之说，"你说你爱她，可是你爱她什么呢，你又能给她什么呢?给她金钱还是给她安定的生活?给她一幢窗子朝南的大房子，还是承诺给她一个静好的人生?不要说幸福，那只是空洞自欺的字眼。说到底，我们爱人，只不过是为了成全自己想要善良的自私愿望。所谓爱，不过是华衣外表下包裹了一颗私心。无论是绫罗锦缎，还是金缕纱衣，都变不了私心这个事实。我们的生命其实并不需要爱情，只是需要‘爱’这个形状本身，来填补孤独带来的缺口，而能够承载这个字本身的人是谁，其实并不重要。”

屿之凝视着鸳凉眼睛里冷清的寂灭感，突然觉得很冷——像是沉入三千英尺海底一般的黑暗和冰冷——他几乎要相信了，也许晚钟的离开其实并没有自己想的那么痛苦，只是细如冰裂的发生，再寻常不过了：这世界有多空阔，有多少人时刻上演着相爱后又背叛别离的戏码……又有多少和我们一起降生的人，早已经消失于生命的旷野中？

在时代的浩瀚光影中，个人的悲喜其实是何其的渺小。可是当他想起“晚钟”，只是如咒语般的两个字，便有多少温暖、凉、窝心、遗憾的情感同时翻涌心头……

“不，鸳凉。”蔺屿之轻轻摇头，语气却是毫不迟疑的坚定，“我是在用生命爱着晚钟。这件事其实没有我说得这么伟大，它那么自然和平凡。我只是简单地不愿看见她有丝毫不快乐，不愿她受到一点儿伤害。所以当她说要离开，我都不敢挽留，怕束缚了她的自由。我也曾诧异自己的感情何时起竟这么不存私心了，但是没有结果。我还没明白为何去爱，又是爱着什么，她已经在那里了。她的举动牵绊着我每一根神经，所以我宁愿过一辈子没有她的缺憾人生，只要她能过上自己想要的生活，就觉得曾经付出的都值得了。”屿之抬起头来看着鸳凉，他的眼睛一直那么明亮，此时碎成星辰一般在她眼前粲然坠落，那感觉还停留在鸳凉记忆里那个夏日的午后，他一路小跑过来，充满感激地叫住她和唯喜诚恳道谢时的场面。

彼时一切都圆满得像是童话。而此时，却幽暗冰冷如同三千尺的海底。

“鸳凉，真正的爱是一个人的事情，你要一直对此抱有不灭的希望。”屿之凝视鸳凉的眼睛，脸上是那么专注的神情，“这是爱，人们之所以写它唱它纪念它憧憬它，是因为这世界太浩瀚了，时间不遗余力地带走一切，人的脆弱和自私无处遁形。而唯有爱，它让人变得无私和勇敢，用来对抗和穿越寥落的生命。它的声息透过时间的冗长甬道被传递，被撒播。”

鸳凉，你可知，爱，不是季候风。

在这些虔诚的句子里，迟鸳凉的泪水就这样毫无预兆地落下来。

那些话戳中她心里最柔软的地方——爱是天性。无论你的生命因它的存在变得残缺或者圆满，或者是变得温暖还是冷清。它都在那里，不会消失。

于是注定——关于她爱着宋承欢这件事，只能是她的天性，与生俱来，不会消失。

第三场　失城

我再也不会幸福，也许无关紧要/世界上还有许多别的事物/任何一个瞬息都比海洋/更为深邃，更为多种多样/生命短暂，个别的时辰虽很漫长/但是一件惊奇在黑暗中窥视我们/那就是死亡，另一个海洋/另一只使我们摆脱日月和爱情的箭/你给了我又夺去的幸福/必须一笔抹杀/一切的一切必须化为乌有/我只剩下悲哀的乐趣/那个虚幻的习惯使我向往/南方，某扇房门，某个街角

——豪·路·博尔赫斯《1964 年》

1

2009 年走得迅疾而不动声色，元旦除夕悄然来临之后，春天也就近了，而鸳凉的内心却没有解冻。日子过一

天算一天，全然没有新意。想来那是鸳凉生命里最觉孤苦的一段时间——哪个人年轻时不欲出去看这个花花世界，多经历些纷繁的人事，多懂些入世的道理？唯独鸳凉像是被时间遗忘了，痴痴守着生命里最重要的亲人辞世的旅途，多少不为人知的隐忍泪水都只能往心里咽。然而时至今日，她已没有了大的梦想，只想给宋祺明生命中的最后时光留些温暖的记忆，至少不枉他对自己含辛茹苦十几载的养育之恩。

成功、名利、物质生活……所有年少时看似上进的追求此时看来都是浮梦一场，她知道这本是不应该的——二十岁却已经是四十岁的心态了，她不该老得这样快。

可是，当鸳凉知晓了承欢的身世之后，内心的矛盾愈加不可调和……看过身边人的故事，相聚后分离、执着着回忆、不舍地放弃……她越发难以确定自己心里想要的是什么。

而承欢和沈吟溪的关系一直平稳，即使暂时不提及结婚一事，旁人也觉得他们是天生一对的神仙眷侣。

林清苑对她说，人生八苦，生、老、病、死、爱别离、怨憎会、求不得、五阴炽盛，是再自然不过的事情，提得起放得下才是明智之举。可是她转而望向这个世界——守着回忆念念不忘弄得形销骨立的蔺屿之，如今为了颜祈执着痴迷的顾唯喜，以及四年来对自己忠贞不渝的宁帛然，年近四十至今依旧孤身一人生活的纪沿河，甚至林清苑自己亦陷入一段不被世俗看好的爱情里不能释怀。鸳凉有时觉得时间的洪流真是让世情轻易就幻化至物是人非、沧海桑田。

只是……谁还记得呢，那些最初的日子，只有干净纯粹的情谊和只求一路陪伴的岁月？

这时鸳凉会羡慕承欢和吟溪，只有他们的故事平稳安定得像是生活原本的样子，不用费任何周折，就像是菩提树开花结果一般的了然美好。

然而事实总非如此，平静下暗藏的汹涌，才更加惊心动魄。

只是这些，都没有被鸳凉看见罢了。

宋祺明住院的半年里，家里要承担源源不断的医疗费用。虽说家里有储蓄，但是承欢依旧倍感压力。由于过度的劳累，承欢整个人经常处于疲乏状态，疏于对感情的经营，有时甚至好几个星期和吟溪各自忙碌，连见面的时间都没有。更重要的是，颜祈的出现让他觉得生活里多了些不安定的因素。他犹记得多年前颜祈母亲葬礼上的颜祈的神情，有深不见底的阴郁诡谲。那个时候——颜祈执意认为是承欢间接害死了他的母亲，不听任何的解释。他们三人的关系也当真是太过错综复杂……然而多年后再相逢，颜祈像是变了一个人似的，对往事只字不提，像是当真不再介怀了。

可是，止放下旧日的仇恨当真会是这般轻易吗？在一个少年成长的过程里，母亲角色的缺失，以及那段无疾而终的感情是否会是他一生的遗憾？

所以，他的再次出现，始终是一件让承欢觉得危险不安的事。

但是承欢却第一次不知道该以怎样的姿态来面对一个人了——这个人是他少年时期的挚友，是一起追逐过梦想书写过回忆的好兄弟，这个人也是对他抱有未知的仇恨的危险存在，这个人是如今优雅睿智看不透内心，已然被这个社会的游戏规则打磨成一块美玉的颜祈。

太复杂了——他们对于彼此的情绪。明知时光荏苒，已经回不去那个无瑕的年代，却又无法不留余地地抹去对方的存在；无法彼此信任，却又放不下对对方的注意。

聪慧如承欢，自然明白自己在这场跨过多年时间的博弈里处于明显的被动地位。只因那个误会，他始终无法给一个圆满的解释。抑或，承欢在内心里是承认的——自己本就有着无可推卸的责任。

让时间倒流回 1998 年的 7 月，承欢和颜祈十八岁。他们的高中时代宣告结束，然而，承欢没有想到的是，同时宣告结束的，还有他和颜祈多年的兄弟之情。

在宋承欢的记忆中，那年夏天很热，气温时常徘徊在三十七八摄氏度，烈日像要把人间烤化了一般。他高考结束，鸳凉还在上课，宋祺明和颜祈的父母都忙于工作，那个空闲到百无聊赖的假期，他大多是和颜祈一起度过的。男孩之间的感情，向来耿直而简单。中学时本就是无话不谈的兄弟，这一闲下来凑在一起也不觉得尴尬。白天承欢和颜祈就一起待在家里看电影，从超市里买冰冻的罐装饮料或者西瓜一起吃，到了晚上凉一些的时候出去大汗淋漓地打篮球。

彼时承欢家还住在郊区，离市区有一个多小时的车程。于是大多时候，他们都待在市区的颜祈家里。颜祈是单亲家庭，跟母亲姓，颜父迎娶颜母之时家境甚好，后来却撇下他们母子独自去了美国。颜母对此也选择闭口不谈，颜祈却也因为有记忆开始时便不存在父亲的概念，也并没有太多不适应……颜祈甚至连父亲的照片也未见过。颜祈的母亲颜怜，在一家国营纺织公司做财务，工作虽不繁忙却有严格的上下班制度。那一天也是暑假里再寻常不过的一天。若说有什么不寻常的事，那就是——那一天颜祈的母亲在家。

那天是周五，并非节日休假，离下班时间也还早，颜母那天却下午三点便回来了。

在客厅看《罗马假日》的承欢和颜祈听到开门声都吓了一跳。颜祈的母亲脸色并不太好，有种不健康的蜡黄，眼神也有些疲惫涣散，见承欢在也只是寒暄了几句，说是天气太热有些中暑了，提前下班回来休息休息。

颜祈挂心，跟进去叮嘱母亲吃些药再休息，等过了几分钟回到客厅来时却依旧是心神不宁。于是让承欢先在家里等着，自己下楼去药房买些药，顺便带些绿豆回来熬点儿降暑的粥。承欢应了，怕打扰颜母，把影碟机调到静音状态看着无声电影。

说来也是巧合，颜祈刚走不久承欢的寻呼机就响了，是沈吟溪发来的，说是大学的录取通知书到了，让承欢今天回学校取，周末教导处是不办公的。承欢心头大喜，这录取通知书等了一个多月，天天盼着，心里只希望快些有着落才好。而且颜祈母亲病了，承欢怕打扰了人家，便想着立即回学校取通知书。

另一层顾虑便是——不久前曾因为吟溪的原因，他和颜祈发生过一些争执，虽然后来解决了，但是吟溪还是他们之间的敏感话题，他不想他们之间因此再有任何的分歧和不愉快。

承欢思量片刻，决定先离开颜家，于是便隔着卧室门轻声向颜母告辞，无非是保重身体、注意降暑之类的话。颜母那边含糊地应了，承欢随后给颜祈留了一张纸条，不等他回来便离开了颜家。

不料意外发生了，当一小时过后颜祈拎着绿豆和一堆降暑的药回到家时，等待他的却是已经因为心脏病发作而停止呼吸的母亲和空无一人的房间。颜祈一人面对着身体犹有余温却慢慢变冷的母亲，感到内心慢慢被孤单和痛苦所吞噬。而那个时候，本该在他家的宋承欢却不知去了哪里。

承欢自然没有料到会发生这样的事，那一日过后的几天里，承欢打过颜家的电话，一直没有人接听。后来当他满心喜悦地拿着他俩的通知书去颜家打算给颜祈一份惊喜时，却也没有人在。直到多日以后，承欢才从沈吟溪那里得知了颜祈母亲去世的消息。

当时的承欢并不知晓这是在自己离开颜家后发生的事，只是猜测颜祈必将陷入沉重的悲痛中。承欢自己的母亲迟薇因难产辞世，自出生起就没有经受过母爱的呵护，自然不觉缺失母亲的疼痛。而颜祈不同，颜祈是母亲一人抚养长大的，母亲从小给他无微不至的关怀，是他所有的寄托和依靠。那时的颜祈，只剩孤身一人……他还未来得及和母亲分享考上大学的喜悦，还未来得及回报母亲的养育之恩，还未来得及反哺这个为他付出十八载光阴的女人，更荒唐的是，颜祈还未来得及接受她已不在这人间的事实，未来得及面对这前路漫漫的人生。

2

承欢最后一次见到颜祈是在颜母的葬礼上。当然颜祈并没有通知承欢，承欢也并没有多想，只觉得颜祈是因为不愿让朋友看到自己失去亲人的深沉悲痛。承欢亦是第一次面对这样的情景，并不知要如何说些节哀的话。

葬礼那天人来人往，大多是颜母单位里的同事……人有时如是——活着的时候无法逃避寂寥，死的时候却要以喧嚣来驱散孤独的真相。承欢和吟溪一进入灵堂，远远便看见颜祈一人在灵堂中央低头站着。刘海遮住了眼睛，唇角的弧度漠然冷峻。纵使是隔着层层的人群，承欢还是能感受到那种深不见底的哀伤。

承欢心里也不是滋味，苦涩极了。他知道此时说什么安慰的话都显得多余，尤其是在面对死亡这样无可逆转的情况时，除了放任伤口流血，随着时间流逝慢慢结痂愈合，再没有第二种更好的方法了。他能做到的只是以朋友的姿态，静默地站在他旁边——告诉颜祈，兄弟还在。

“节哀。”

颜祈像是被承欢的声音狠狠地击中，条件反射地抬起头来看着承欢——颜祈的眼睛里布满了血丝，神色从方才沉重的悲哀慢慢有了一丝转变——唇角扬起一抹轻蔑嘲讽的冷笑，眼神却是带着深深恨意的。

“你来干什么?”颜祈说，语气里带着深深的敌意。

承欢没料到颜祈会是如此反应，本来准备好的台词顿时说不出来，一时语塞。

“你当时为什么不救她?为什么见死不救?你本来可以救我妈妈的，你为什么逃走了?”颜祈已经压制不住怒火。

承欢这才如梦初醒，反应过来原来这件事自己有脱不了的干系。

“我……不知道……”承欢一面回想着，一面试图解释那天的情况。

“你不知道什么？你想说你只当她是中暑吗？那么为什么不等我回来就走了？你在心虚什么？”颜祈不等承欢辩解，打断他的话。

“颜祈你听我说，那天我走的时候，阿姨还好好的……如果我真的在，我怎么可能见死不救？”周围的人都聚集在他们身边，静默地旁观着，想要弄清事情的真相。

“那你告诉我，你为什么要先走？如果当时有个人，能帮妈妈递药，或者只是帮着求助也好，若是抢救得及时一点儿，也许就不会……”颜祈的泪水不可控制地落下来，他沉浸在自己内心巨大的痛苦之中，并不听承欢的解释，末了淡淡说一句，“宋承欢，我现在真的相信，上天让你出现在我的生命里，就是为了夺去我所有重要的东西。”

而承欢自知说什么都没有用了，错误已经酿成，他无言以对。

上帝与十八岁的承欢开了一个太过沉重的玩笑，只一个轻易的决定，就背负了另一人死亡的重担，并宣判一生不得卸载。

“我不想再见到你，因为我一辈子都不会原谅你。无论是吟溪的事，还是我母亲的事。”末了，颜祈擦干了眼泪转过身去，淡淡地说。多年后承欢犹能想起那一瞬间颜祈的神情，带着仇恨的决绝，以及那么深不见底的绝望阴郁。

是命运埋好了伏笔吗？不过是几天的时间，却像是已经换了人间。

自那以后的十一年，他们再也没有关于彼此的信息。

一个人涉世越久，越容易变成时间的虔诚信徒，因为已经亲身验证了，即使再刻骨铭心的事情，也会随时间的流逝慢慢变淡，消失无踪。然而，并非承欢已经将颜祈的存在于记忆里彻底抹去，只是越来越少想起，在自己的中学时代，曾有一个笑起来有深深酒窝，总和自己混在一起的阳光男孩真切地存在过。承欢知道，有些人若是在人群里一旦走散，就是永远了。连陌生人的分量都不及，陌生人尤可以有熟悉的际遇和机会，而错过的人却再也没有重新邂逅的可能性了。

然而，许是上天觉得这个故事还不够精彩，于是，浩荡的生命河流里，同样的人，换了时间地点，又一次相遇，并且是以谜题的形式。

承欢也觉得有些不可思议，自那日在医院门口重逢后，颜祈出现的次数越来越多，起初是和唯喜一起，后来也会偶尔单独出现。只是每次仍旧隔着光阴的面纱一般，寒暄几句便掉头去做自己的事，两人始终不能如当年般坦诚相对。又或者这是成人之间相处的方式——平淡、礼貌、无谓，再无少年时期的沉重、激越、暴烈。

然而，承欢总觉得这样的情况不会长久，他知既然是面纱，总会有揭开的一天，然而却也没有时间去顾及太多。宋祺明的身体状况正在一天天坏下去，他只能全力以赴地做好眼下的事，至于其他，都将之交给时间。

三月末的时候，承欢所在的公司为了扩大产品在下一季度的市场份额，开展宣传攻势，配合大量的广告投放和公关活动。在广告部和媒体公司接洽的重要环节，广告部的部门主管突然生病请假，承欢大学时辅修市场营销学，便临时顶替广告部经理。而合作洽谈的媒体公司那边的人很小资，将谈判地点订在淮海路的一家星巴克。

承欢提前了十五分钟到，刚寻到靠窗的位置坐下，就见到颜祈一身休闲装从对面走了过来。

竟然会这么巧？承欢心里一面想着，一面微笑着算是打招呼，却见颜祈走近了，再自然不过地在他对面坐下了。

“有点儿意外？”颜祈笑起来依旧有年少时的影子，有淡淡的酒窝，只不过更加优雅——这么多年来，他已经能对自己的谈吐举止拿捏自如，才会有这样从容的气魄。

承欢也只是笑，等他自己掀开底牌，并不回答。

“我在媒体公司工作，今天来谈公事的。”颜祈说罢拿出一沓媒体计划书，笑道，“既然是和承欢谈，我自然会给你推荐最适合公司品牌项目发展的媒体配套方案。你不会怀疑我的专业程度吧？”

“那自然。”承欢亦不露声色地笑，却不敢轻易相信，仔细对照参考了几份详细的资料，对比了媒体价值，然后提出了一个预算数额。

一切都很顺利，甚至可以说是过于顺利了。颜祈对于承欢提出的条件照单全收，甚至有种顺水人情的味道。承欢也不刻意提出，一副公事公办的态度。不到两个小时便基本定下了最终合作方案。

“那么合作愉快。”宋承欢总结性地说。

“承欢，以前的事一直没来得及对你说声对不起。”颜祈眯起眼睛，脸上有淡淡的酒窝。

承欢错愕地抬头，他们的眼神在空中相遇，而颜祈的眼神里写满歉意。

“那个时候不懂事，遇到这样的事自己没能学会面对，总是要归咎于他人心里才能略觉释怀，后来想想，即使你当时在，也许也没有用的。因为我自己太过脆弱，没学会承担，亦没有力量面对亲人的死亡，生死有命吧。现在回想起来，还是觉得——当时对你的态度太过不公平。”

宋承欢深深叹息——为那么多年以后，才能终于坦然面对当时的误解而了然一笑，然而他们彼此错过的时间却太久了。他们之间的牵绊是如此巧合，十一年前以颜祈母亲的死亡而暂时告终，而十一年之后的重逢，却又面对着承欢父亲的病重。是否这也是所谓的命运安排？

“这些年可好？”承欢喝一口杯里的咖啡，问。

“也就那样吧。你知道的，我妈去世以后，我用了很长时间才接受这件事，过得很独立也很寂寥，总觉得心里没了寄托似的，即使有大好的未来也不知要创造给谁看。后来慢慢明白了，接受了，也就不再想了。于是拼命打工实习，比别的同学更早地接触社会上的人情冷暖。工作了以后，慢慢有了自己的事业和感情，便不再有上学时那么敏感的性情了，只是还是经常怀念中学时代的我们——承欢，如果再让我做一次选择，我不会因为亲人的悲剧、自己的懦弱而放弃朋友的情谊，毕竟，有些感觉真的是太过珍贵，过了就寻不回了。”颜祈淡淡地回忆道，虽然像是描述着旁人故事般的淡泊口吻，说的却是不轻易和人分享的心事。

承欢却是明白的，这份释然的心境要经过多少辗转难眠夜晚，多少孤独清醒的白昼，多少不为人知的暗涌疼痛才能够抵达。他看着眼前有些熟悉又有些陌生的颜祈，有些感慨，便接了他的末句道：“有些寻不回的才是完美吧，也许多年后我们会怀念着此时的自己。”

颜祈笑着点头，那笑中多少带着些苦涩，又问：“我听鸳凉说你和吟溪快要结婚了？”

“嗯。这么多年，总要给自己，给她一个交代。”

“她是个好女孩，珍惜。”末了，颜祈凝视着承欢，开怀地笑了。这个笑容里同时有着少年的单纯和成年男子的成熟，此刻看来分外令人动容。

承欢望着这样笑着的颜祈，心中感慨不已。他又想起那些陈年旧事——其实若不是因为颜祈当年的一句玩笑话，自己也未必会和吟溪走到一起吧？

罢了……

如果可以，那么请让那些年少的青涩慢慢随时间抽离、剥落。

3

你是人间四月天。一句众人都认为很美的诗。

而多年以前，迟鸳凉并不懂林徽因这句诗妙在哪里，直到有这么一个四月，没有任何琐事打扰，静心看着时间流逝。看春天里的丁香、玉兰、樱花、垂丝海棠次第开放，香樟树的叶落了又长出新绿的叶。晴天很多，有风的时候，空气里便漾起一阵阵温柔的植物甜香味。

鸳凉终于懂得了那其中的韵味——人间多少温柔美好的事，都在四月降临。

而这一年的四月，承欢和鸳凉商量着和宋祺明出去走走。由于前一阶段化疗的副作用，宋祺明已经被发现肝脏和心脏系统衰竭，肺部亦有轻度的毒性反应，遂临时改用激素治疗。承欢、鸳凉和沿河谈过，已经渐渐接受了宋祺明的身体正在不可避免地走向全面衰竭这个悲凉的事实，只能利用最后的时间制造些温暖的回忆来弥补死亡的冰冷阴影。

承欢依旧有无法放下的工作。现实总是残忍，没有人能够像鸳凉这样放下一切将人生按下“暂停”按钮，可以暂时不担忧未来的事，而好在有同样自由的蔺屿之和林清苑。蔺屿之自从和秦晚钟分手以后，便打定主意放下学业，一心打理着 Mr. Lonely，性格也变了不少，像是从前的繁华热闹都散了场，只剩下冷清的残骸了，连笑起来都总有一丝遗憾的味道。清苑却依旧是初见时的模样，整日清闲着。鸳凉起先好奇清苑的工作，后来才知清苑是个业余作家，已经出版过好几本书。写作的时候通常几个月离群索居，拿到丰厚的稿酬以后，就用剩下的时间旅游、拍照、喝茶、聊天，生活自由得让人羡慕。鸳凉买了清苑的书回来看，有一些是戏剧诗词鉴赏，一些是散文摄影集，还有几本长篇小说。始终清淡优雅的文字中，却有着穿透光阴的力量。

因为宋祺明必须服用大量的药物，他们又担忧宋祺明的身体出现状况，只能选择去近一些的地点游玩。

蔺屿之当司机，清苑坐在副驾驶座，一路放温柔的古典民谣和轻音乐，鸳凉和宋祺明坐在后座，一起悠闲地聊天。若是刚好碰到周末，就再加上一个宋承欢。他们去苏州的老街看人烟鼎盛的世俗生活；看无锡的鼋头渚公园，樱花的长势正好；去金山郊外看海，海浪和风，潮来汐往；去郊外看金光灿灿的油菜花，突然下起雨；晚上一起在长势葱茏的麦地里放烟火，光亮打破黑暗照射内心最孤寂的角落。

路途并不劳累奔波，反而悠闲自在极了，累了可以随时休息，赏玩的只是一份心情。

鸳凉原本以为这是在给爸爸一份微末真挚的礼物，却也不自觉中享受了生活之甘甜美好。多年以来，鸳凉总是心境苍凉，觉得万事万物皆不过是捕风捉影，而只有当原本平淡无奇的东西即将失去，才知道人生的意味深长。

一直在想如何让如同幻觉的生，过得更加有意义，其实答案从来都在自己心里——不辜负好时光，就是最完美的方式。

四月末，樱花和丁香都开落了。这天在金山的时候，鸳凉突然接到唯喜的电话。鸳凉和唯喜又是好几个星期没有见面，平时唯喜少有打电话的习惯，按照她的解释就是——若是觉得想念就要立即见到才觉得安心。于是鸳凉心下猜测，该不会又是到了医院发现她不在才想起打电话吧？

“唯喜，我在金山。”鸳凉接起电话就自觉地解释道。

“哎，怎么去金山了，本来想晚上去找你的。”唯喜果然有些吃惊，不过也没有继续细问，而是正经问，“鸳凉啊，我问你个事，颜祈和吟溪姐之前认识吗？”

“颜祈和吟溪？”话题跨度有些大，鸳凉慢了半拍才反应过来，“认识啊，以前关系还很好的，他们和我哥念同一所高中，还是同班。”

“哦，”唯喜慢慢地应了，呢喃道，“那我想多了。”

鸳凉有些哭笑不得，她几乎要怀疑电话那头还是不是那个平素没心没肺的顾唯喜了。

“五一放假吗？叫上帛然一起来家里吃饭吧。”鸳凉回头望一眼，海滩上，屿之和承欢一起推着宋祺明的轮椅在一条小径上慢慢走着，清苑在前面倒着走，看到鸳凉看过来就报以一个灿烂的笑容。从南方吹来的风里有海水的味道。时光像是凝固了，温柔静好。

“行啊，我叫上颜祈一起来啰。不过，是什么聚会呀?”唯喜三句话不离颜祈。

“我的公主大人，是你和帛然的生日啊。”鸳凉无语，“真是拿你俩没辙，不愧是同年同月同日生的两只妖孽。”

“啊，我都忘了，这么快就二十三了。”唯喜在那边才恍然大悟，很要命地喊起来。

“对不起，今年因为爸爸生病，只能在家给你们办生日聚会了。”鸳凉多少有些歉意地说。

“怎么还跟我说这种话啊，你亲自下厨我开心都来不及呢。好久没有吃到你做的饭了，心里很是牵挂啊。”电话的那头，唯喜突然有些心疼鸳凉，这么多年来，只有鸳凉，待她如家人。

而她却因为一份自私的爱情，一度冷落了这份珍贵的友情。

4

宋祺明觉得家里似乎从来没有这么热闹过。

很多年了，自己已经习惯了和这两个孩子在一起的平淡生活。而此时，本来空旷的三室一厅竟也有了一丝拥挤的感觉。宋祺明不由得又回想起了十几岁时在卿远县的那些日子。弹指一挥间，一生就这样在辗转间流失殆尽。

鸳凉在厨房不亦乐乎地准备菜肴，清苑在旁边打下手，承欢和吟溪早晨刚从外面购了食材回来。唯喜一脸神秘地给帛然讲鬼故事，屿之在旁边听着，一边不住地打岔。祺明正有些出神地看着这些年轻人，却见颜祈不知道从哪里冒出来了，冲好一杯燕麦递给自己。

“还是先吃点儿吧，这个养胃。”颜祈眉眼弯弯，声音极其温和。

祺明是第二次见颜祈，上次他是和唯喜一起来医院，只当他是唯喜的男朋友，和承欢一般大，感觉成熟稳重，对他的印象分很高。此时又见面，看见这个笑容，才觉得有几分熟悉。

聪明如颜祈很快就看出了宋祺明眼中的迟疑，笑着解释：“叔叔还记得我吗？我是承欢高中时的同学颜祈，那时候还经常来叔叔家吃饭呢。”

“是颜祈啊。”宋祺明吃了一惊，还是很快就回想起来，“有好多年没见到你了，还真是长大了，变成熟了，那会儿还是个大男孩呢。呵呵。”

颜祈笑了，酒窝浅浅浮现，“叔叔，先趁热吃这个吧，现在温度刚刚好。”

鸳凉从前很少下厨，却在这一年里买了许多烹饪的书籍自学，厨艺大长。此时满满摆了一桌，且不论味道如何，光是阵势就已经很浩大。

吟溪在一旁笑着打趣：“鸳凉以后肯定是贤妻，帛然娶了你不知道该有多幸福啊。”

帛然在旁边笑，鸳凉却有些尴尬，下意识地看向承欢，见承欢只是低头分发着餐具，神色平静。鸳凉顿时感觉那种理不清的矛盾心情又真切地回来了，于是也不解释，羞涩地笑了一笑。

这笑容蔺屿之却是看在眼里，便装作有意无意地瞎掺和，一副泫然欲泣的委屈表情，道：“那我怎么办……”

众人皆是一惊——在场的除了清苑和唯喜，都不知道屿之和晚钟的事情，此时估计都要对蔺屿之的话信以为真了。

帛然也没回过神来，上次唯喜开玩笑说这小子喜欢鸳凉，后来才知道是唯喜骗自己，这小子是有女朋友的，不过是刚失恋了。前一阵子帛然忙着工作，也知道鸳凉和屿之、清苑走得很近，虽是心下澄明，不过此时蔺屿之这一半玩笑一半正经的话却让他凛然一惊。他犹疑地看着鸳凉，试图从鸳凉那平静无波的眸子里得到答案，然而无果。她一直是这样的表情，唇角一抹笑意，有着清静的平常心，又像是带着一种对世事的淡淡嘲讽，终究是什么，他也说不清。

他和鸳凉相识这么久，他只知道一心对鸳凉好，却从未从鸳凉那里得到什么回应，他所有的温暖和热情都像是投入深海，一去不回。

这样一相情愿持续多久了……从他在福利院遇见鸳凉的那一刻，命运之轮就开始缓缓转动，后来二十一岁重逢鸳凉后，他更是不惜一切代价追随她左右。而他始终执着地认定，鸳凉是他这辈子注定的劫数，所以他不问她对自己的感情，他只是付出。

而此时，面对蔺屿之的话，他竟然心里有些痛。这才在心里承认了，爱与占有，其实是一直共存的。只是自己不愿承认，对鸳凉的爱里也存着那份私心罢了。

帛然看着鸳凉的神情，心中一瞬寥落。他并不是在埋怨她，只是发觉自己这一刻，竟有些愧疚。

唯喜好像早已预见帛然的反应一般，有些无奈地笑道："我说大少爷……怎么一开玩笑你就当真啊。原以为你和屿之都是一类人，看来屿之比你聪明多了。"

帛然抬起头，笑笑，那一刻他的眼睛那么明亮，灿若星辰，"我只知道，他再怎么喜欢鸳凉，也不及我对鸳凉的万分之一。"

一时静默，一番真心实意的话被帛然当众说出，大家都有些始料未及，内心却也有深深的触动——今天这里除了宋祺明，大多人都是正值青春，他们清楚地明白梦想和信仰无疾而终，心里多少有一些无可挽回的失落。又或者在无形中慢慢被社会的游戏规则所束缚，习惯了不再轻易表明自己的心意。只有帛然，他依旧那么干净澄明，甚至是过于天真，迫切地想把自己的一切——爱和信仰，交付于另一个人。

宋祺明看着帛然，仿佛看到了自己当年的影子。命运的齿轮再次旋转，重合……而这个故事，他却无法见证到最后了。他只能在心里祈祷，请一定不要以悲剧告终。

“哇，这鱿鱼圈太好吃了！”唯喜突然打破一时的沉寂，大赞鸳凉刚做好的意大利鱿鱼圈。

“哎，我也要。”清苑笑着道。

气氛缓和过来，鸳凉这才松一口气，那盘鱿鱼圈很快便一扫而光，而她心里有细微喜悦，她想起她做鱿鱼圈的初衷——鸳凉自己是不吃海鲜的，只是因为承欢的一句喜欢，才去学了。

晚饭后，并没有安排什么娱乐节目，某种程度上来说，他们都是一群保有直率童真的人，对时间，对过往，对彼此情谊。于是颜祈、承欢和吟溪坐在客厅的一角，回忆起中学时的事情，又问及大家皆知的某个高中同学、某个老师，一切恍如昨日般清晰。而唯喜、鸳凉和清苑则在阳台上谈古典民谣和爵士乐，她们的生活始终是自由的，令人艳羡。

而在厨房的一角，出现了匪夷所思的一幕——两个娃娃脸的大男孩，都是精致干净的长相，温柔的气质，却毫不顾及形象地争执着。

“你凭什么喜欢我家鸳凉?”不用想也知道说话的是帛然。

“因为鸳凉温柔漂亮。”蔺屿之笑眯眯的。

“你肤浅——唯喜也很漂亮啊。”帛然一副正经八百的语气。

“可是唯喜有颜祈了啊。”屿之皱眉，也正经地答道。

“有道理……那清苑也漂亮啊。”

“可是清苑不会做鱿鱼圈。”屿之决心跟他贫到底。

“那倒是……”帛然一时词穷，还是在很正经地寻思着说服屿之不能和自己抢鸳凉这件事。

“哈哈哈。”屿之大笑。

“总之你不许喜欢鸳凉!”

屿之无语。

阳台上，清苑听见蔺屿之的笑声，突然想起了什么似的，问唯喜：“对了，你知道屿之的哥哥后天办婚礼的事吗?”

“我知道啊，和自己弟弟的前女友。”月光下，唯喜唇角挂着一抹嘲讽刻薄的笑。

只有鸳凉还一无所知，她细细地回味着清苑和唯喜的话，一时吃惊得说不出话来。屿之的哥哥和秦晚钟……结婚？她脑海里还回放着半年前在Mr. Lonely时，屿之和秦晚钟分手的场景，只有半年的时间，世事却以如此戏剧化的方式上演。

鸳凉回头看屿之，他晚上喝了许多酒，此时却还是一脸平静的清醒模样，正和帛然有一句没一句地耍着贫嘴，完全看不出有任何痛心疾首的征兆。

“屿之他……知道?”鸳凉质疑。

“当然，下午的时候还问我后天去不去。”清苑答，“他一脸无所谓的表情，估计是真的放下了。”

鸳凉沉默，她回想起那天在咖啡厅坐在地板上，屿之对自己说的那些话。她知道，要一个男子说出这番感性至极的话，是多么的不容易。虽然在那之后，他并未再提及，甚至连一丝尝试挽回的挣扎都没有，他看起来那么轻易地就放弃了那份自己执着的感情。只是，所有人都看到了，于蔺屿之，伤口并不外露，却向内生长，那份失去的寥落怕是已经深深地渗进骨骼和血液里了。

或者今天的平静以待是因为，分手的那天，秦晚钟就已经告诉过他，她爱的人是屿之的哥哥这件事。

那么未免太过残忍。

“唯喜，你明天会去吗?”清苑问。

“我和颜祈都在被邀请之列。其实我去不去无所谓，倒是颜祈，和那个蔺岸之有工作上的关系，应该是要去的。”唯喜无奈。

“那……他会去吗?”这个“他”当然指的是蔺屿之，

问话的是迟鸳凉。

“说是会去，毕竟是亲哥哥啊，再怎么尴尬还是难以避免面对的。”清苑答，“不过我和简龄明天也要去，我会注意着他的。”

鸳凉默然，她懂屿之的隐忍。那些深沉的感情，那些过往的旧伤，都是自己的执念，放下了，心却从未停止过怀念，就像此时，她可以看见承欢和吟溪在房间的另一头和颜祈聊天，他们那么亲密自然，那么让人艳羡，而她，却只能装作不动声色的样子，笑着咽下所有的辛酸和暗涌的泪水。

这样想着，她突然决定了一件事。

5

蔺岸之与秦晚钟的婚礼定在立夏，于蔺家郊区的一座庄园举行。

鸳凉之前虽然已经从清苑口中听到过蔺家的一些状况，却依旧在站在入口处时，仍被这座庄园的气派和豪华所震撼——大气的欧式建筑设计风格，细心修剪过的园林盆景，华美浪漫的音乐喷泉，进了门后就见到庄园里处处挂着粉紫色的气球和丝带。邀请的宾客很多，鸳凉猜测这些宾客大多为蔺岸之的公司同事和传媒界的熟人，男士们穿考究的西装，打着领结，女士们更是着精致美丽的礼服，在初夏的和风里拿着上好的香槟或甜点，温言细语。

鸳凉很少见到这样的场面，刚开始还有些局促，表面却还要强装淡然，镇定自若地寻着唯喜和清苑。终于穿过重重人群，看见了清苑的身影。清苑今日也穿了礼服，碧玉色的裙裾隐没在初夏的新绿里，这种色彩本是极难辨认的，然而在色彩斑斓的人群中，鸳凉还是只一眼就认出了清苑——凭气味还是感觉，或者心有灵犀？鸳凉心里也不太清楚。

走近了才看清清苑只穿了一条丝绸长裙，腰间随意地系了一截素色丝带。设计和裁剪都简单朴素，是清苑一贯的风格，头发也依旧是用玉簪绾成一个斜斜的髻。清苑永远有着自己干净简单的特点，真是在人群里令人由衷欢喜的存在。

“鸳凉，你也来了？”清苑看见鸳凉，惊奇地低呼一声，“鸳凉你太美了，我从没见过你这样的打扮。”鸳凉今天穿了件雪纺礼服。白红色渐变，露肩设计，荷叶袖，及膝的裙角处是艳丽深邃的玫瑰红，沿着裙摆的褶皱层层翻卷，花瓣般排列起来。长发微卷，在风里缓缓摇动，远处看起来整个人花朵似的，俏丽而不失优雅。平常鸳凉穿着极简单，黑白灰惯了，却给人以太过沉稳之感。此时虽只是换了一身装束，却多了些许说不出的韵味来。

“又开我玩笑。”鸳凉却好像有些不习惯自己的打扮，轻轻一笑。转头看见清苑身旁的中年男子，对他，鸳凉尤留着往日在医院病床上的印象，男子依旧消瘦，脸上的线条锐利，少了昔日的那份单薄，却有着褪不去的颓废感，此时正在旁边漫不经心地喝着一杯红酒。于是鸳凉笑着打招呼：“简先生，您好。”

那位简先生看着鸳凉，只是孤傲地点点头，淡淡地回应道：“你好，我听林小姐提起过你。”

鸳凉心下惊奇，简龄怎么称清苑为“林小姐”？清苑在旁边却像不在意，只是淡淡地笑着。鸳凉不好再问，只好换了话题，问清苑可曾见到屿之。

“屿之啊，刚才还在的。”清苑张望四周，“喏，那边——”

鸳凉顺着清苑目光的方向望去，见到蔺屿之背对着自己正在与一位中年男子攀谈。鸳凉习惯了屿之明朗阳光的休闲打扮，此时看他一身的深色西装，倒觉有些不习惯了，踌躇片刻最终还是走了过去。

“屿之，不帮我介绍下你朋友？”鸳凉很自然地挽住屿之的右手臂，微笑。

屿之一时没反应过来，眼睛眨了眨，又眨了眨，带着他一贯的天真直率，过了片刻方才明白鸳凉的意思，笑得眉眼弯弯，道：“鸳凉，你吓了我一跳。”

“大侄子啊，这位是——”原来那位中年男子是屿之的叔叔，他这么一出声鸳凉才发现他和屿之的神情有惊人的相似，就连笑起来眼睛的弧度也有相似的明亮天真。这在一个年过四十的成年男子身上，实在太过难得。鸳凉心想，这世间竟有如此妙人？

“我叫迟鸳凉，叔叔您好。”鸳凉平常和陌生人说话总有些紧张，也许是因为这个人的微笑太过温暖，此时她丝毫不觉得拘谨，笑着介绍自己，和他握了手。

屿之心中有许多疑问，和叔叔说有事要先走一步，拉着鸳凉向清苑那边走去。

“我以为你不会来，我记得你说过不喜欢这种场合的。”屿之仍旧牵着她的手，任何人看了都会觉得他们是热恋中的情侣。

“是不喜欢啊，也总不能看你下不来台吧。”鸳凉的语气慵懒，半是开玩笑似的，“再说了，前天晚上你不也帮我解围了吗？我才不想欠你的，这下两清了。”

她总是这样的——心里明明有善意，语气却总是冷淡刻薄。屿之猜想鸳凉在心里可能更愿做个寡情的人，却没有意识到命中注定她是个性情中人。屿之觉得自己从昨晚开始就处于游离状态的精神开始安定，觉得有一股暖流缓缓流进自己早已麻木冰冷的内心。

有一点儿灼热，有一点儿温柔，有一点儿寂寥……这些复杂的感觉都慢慢真实起来。于是蔺屿之也重新清楚地意识到——今天是晚钟的婚礼。这么想着，他觉得生命里那个最隐秘最柔软的角落疼痛得世界都变得光怪陆离起来。

婚礼开始，新人走上玫瑰花瓣铺成的红毯，沿着花瓣长廊走向庄园深处的小广场。宾客们聚在花瓣红毯的两旁，有的拿着相机拍照，有的只是笑着注视，有的欢呼鼓掌。不难看出，这对新人得到了很多人真挚的祝福。他们站在搭起的高台上，接受牧师的引导，说出爱着对方的忠贞誓言，幸福地在所有人的注视下温柔亲吻，交换象征爱情的戒指，切开华丽的婚礼蛋糕……

新娘很美，婚纱是一位米兰的服装设计师为她量身定做的，裙摆的造型是一朵含苞待放的百合，随着新娘的每个动作微微抖动，像是花朵随着时间的流逝在缓慢绽放。而新娘的神情亦娇羞而幸福，其人清新美丽，拥有百合的美好气质。新郎亦是面容英俊身材挺拔，方过三十的年纪就已经成就了傲人的事业，再加上显赫的家世……多少人都羡慕着这样的神仙眷侣。

而蔺屿之静默地看着远处的秦晚钟，唇边好不容易扯出的微笑还是不由自主地慢慢僵硬、凝固、消失……他本以为自己早已释然，会坦然微笑祝福她的，然而此刻，他还是被那种幸福对照得心里一片冷清荒芜，揪心极了。然而，每当意识到自己的疼痛，他就会深呼一口气，重新准备好一个完美无缺的微笑，准备着随时坦然接受晚钟扫过来的有些游离又有些歉意的目光。鸳凉站在他旁边，脸上亦有笑容，但是那笑容却因太过空洞而显得没有一丝温度。

这场露天举办的婚宴，浪漫到极致。

“新婚快乐。”新娘和新郎下来一一给宾客敬酒，晚钟和岸之走到屿之身侧时他站起来笑着说了一句，神色淡定。

晚钟的眼睛里隐约有种朦胧的情绪微微起伏，看不清楚。屿之只当那是自己的幻觉——眼前这个晚钟已经不再是从前自己身旁那个天真善良的女孩子。她将嫁为人妻，他们将由另一种关系和称呼来替代从前深刻的记忆。

屿之又想起分手的那一日，他最后语气疲惫地问她，你是真的爱岸之吗？

她有些迟疑，似乎是怕伤害他，然而还是轻而坚定地点了头。

“那么，我会祝你们幸福。”当时的自己没有任何的挽留，只是轻轻地允诺着。

而现在，她幸福了吗？屿之望着眼前穿洁白婚纱的女子，他们曾经那么熟悉，此刻却又这样陌生。他很想最后再问她一句，晚钟，你现在觉得幸福吗？

终于作罢。幸与不幸都是她的选择，和自己已然无关了。连多余的询问都可以免去了，就这样以旁观者的姿态，远远观望吧。

“新婚快乐。”鸳凉站在他身旁，看到了他的寥落和不自然，忙说。

晚钟看着此时精致优雅如瓷娃娃的鸳凉，许久才想起来她们曾经有过几次短暂的见面，忙笑着道谢。

“这是我女朋友鸳凉。”屿之笑着，不动声色地牵起鸳凉的手。

晚钟听他这般介绍，眼中诧异、寥落、释怀——千百种的情绪一一翻滚而过。最后沉淀为一种了然……这样也好，对自己最好的那个人也离开原地，择别处投奔；这样也好，也就不会有人记住当初爱的惨烈和百转千回；这样也好，各有各的幸福，他也不会怪自己因为世俗名利，做出这样轻率的决定……

而屿之的哥哥蔺之原本局促不安的神情这才轻松起来，笑着对屿之玩笑道：“真是气质恬静的女孩，你这小子艳福不浅，珍惜啊。”

又寒暄几句，晚钟和岸之才离开去别桌敬酒。而当屿之重新坐下时，鸳凉才看清他眼里的疲惫——只是几句话的工夫，却像是耗尽了毕生的心血一般。

“走吧，我们换个地方，请你喝杯咖啡。”眼见宴会已然接近尾声，已无久留的必要。鸳凉起身，对屿之浅笑道。

6

走出蔺家的庄园后，屿之和鸳凉并肩在郊区空旷的马路中间行走着。初夏的天空明澈如镜，大路朝远方笔直地延伸开去，马路两旁是麦田，更远处是一片油菜花田，只是花已经落了，只剩一片赏心悦目的碧绿。屿之有些走神，出来的时候忘记开车。问过了路人之后，才知道这里离城郊专线大巴的终点站还有一定距离。两人也不急，就这样漫无目的地走着。

“今天好像都没看到唯喜哦，刚才也忘了给清苑打声招呼了。”半晌，屿之才从心事里走出来似的，说道。

“是啊。唯喜可能没来。清苑的话……我晚点儿给她打个电话解释一下。”

“谢谢你……鸳凉，刚才有点儿走神。”蔺屿之多少有些懊悔地道。

“呵。说这些什么，朋友之间何必言谢。”鸳凉摇摇头，她想起刚才屿之那牵强的笑容，心里不免有些许苦涩。她自问，若是换作自己看到承欢和吟溪的婚礼，自己肯定做不到像屿之这样平静淡然……方才那一刻她看见他眼里的迟钝和失神，仿佛能清楚地看到他心里那些尖锐又深重的刺痛——像是看到另一个自己。

这世间最残忍的事莫过于美人迟暮，爱者分离。

但是生命中有些残忍的事，我们只有走过那一程，才能获得心的重生，哪怕脚下早已鲜血淋漓。

一路缄默，鸳凉和屿之都各怀心事。心下想着一些过去和未来的事，皆有一种天地苍茫的感觉。终于乘上了巴士，两人也不商量要去往哪里，仿佛就这样漫无目的地漂泊着，也是一种自由。

两人刚在最后一排坐下来，鸳凉的手机却打破沉寂，分外突兀地响了起来。

是唯喜，鸳凉接通了电话，只是安静地听，神色却慢慢凝重起来，眉间尽显焦虑。末了，沉静地对着听筒说："你等我一下，我现在回去。"也不等对方作何反应，便挂了电话，接着又喊司机停车，拉着屿之匆忙下了车。

"是唯喜那边出了什么事吗?"屿之心中早有疑问，本知道鸳凉一向做事有分寸，不愿过问，却又怕有什么不好的事情发生，忍不住问道。

"屿之唯喜说清苑的处境不太好，好像是简先生的前妻来了现场，现在那边的具体情况我也不是很清楚。只是清苑一个人在那边，我有些担心她。"

屿之一听到简先生的前妻，神色亦变得复杂起来，于是也不再多问，两人一路小跑着往回赶。

他们又一次回到婚礼会场已经是一个小时以后，大部分宾客已经退场，只剩三三两两的宾客在往外走，二人一路往前赶，听到有人不时发出欷歔的叹息，大多是带着三分嘲笑三分刻薄又有四分庆幸——嘲笑的是所见之事多么滑稽荒唐，庆幸的则是……还好这事没有发生在自己身上。

鸳凉一时心里又急又怕，却始终未看见清苑那一身清幽的碧绿，终于远远看见唯喜，忙冲过去，欲问清楚一切——在这样短的时间里，到底发生了什么？

“鸳凉，颜祈先送清苑去医院了，详细的事我们路上说。”唯喜的神色沉重，只是简短地说道。说罢拉过鸳凉和屿之就上了一辆车。

“清苑伤得严重吗？”上了车后，鸳凉仍旧担忧，忍不住问。

“不清楚，当时场面乱得一塌糊涂，我和颜祈本来在比较远的地方。过去的时候只看到清苑的额头被啤酒瓶砸伤了，脸上都是血，地上都是碎玻璃。在场的人大多都是旁观，没一个人去帮她……”

“简龄呢？他当时在做什么？”鸳凉打断唯喜。

“屿之，你知道简先生家里的事情吗？那个女人，说她并未和简龄离婚。她几句话就轻易地把清苑推上了道德舆论的风口浪尖。”唯喜没有答鸳凉的话，只是转而问屿之。

“他结过婚，没有子女。我还是很多年前见过他妻子一次，一直不见简叔叔提起家里的事。后来简叔叔有一次在聚会上带着清苑，介绍说是他的爱人。我们就一直以为他离婚了，作为晚辈，也不好多问。”

“简龄刚才一言不发，甚至都没有看清苑一眼，在场的人也都是抱着看闹剧的心态。”唯喜叹息，“我真不懂简龄怎么想的，我猜这事连清苑都不一定清楚。”

“嗯……我只是希望她的伤早些好起来。”鸳凉像是在沉思，又像是根本不愿意相信这件事似的。

一个多小时后，终于在医院见到了清苑，她依旧穿着婚礼上那件清幽的碧色长裙，衣服上还残留着一些发黑的斑驳血迹，看上去触目惊心，额头上缠着一圈白色的纱布。她坐在病床上，眼神依旧是宁静的，落在很远的地方。鸳凉想起初遇清苑的那天，她也是这样坐在医院手术室外的长椅上，淡泊得像是世外的仙子。

而如今的这个场景突然让鸳凉觉得，她和自己之间的距离是那么远。

然后清苑感觉到了他们的存在，轻轻转过头来。

她没有笑，但也看不出有任何难过，她的神情极为宁静，淡淡地叫了一遍她们的名字：“鸳凉，唯喜，屿之。”

却没有任何下文。

鸳凉站在那里，只觉万般辛酸涌上心头。

颜祈从外面进来了，拿着一堆药，放在床边的柜子上，“医生说没有伤到颅脑，只是需要小心点儿，否则会留下疤痕。林小姐您自己要当心了。”

“谢谢。”清苑礼貌地朝颜祈点了点头，然后又朝着鸳凉唯喜他们招手，轻轻笑道，“怎么还站在那里，过来坐啊。”

唯喜和清苑并不熟悉，此时看到她没事，也就放心了，微笑地婉拒，说是有别的事，要先告辞。屿之也觉得尴尬歉疚，像是这件事自己也有罪过一般，更何况此时也不知该如何安慰，也就和唯喜颜祈一同离开了。

只剩下清苑和鸳凉二人

说起来，这样的方式有些离奇——

像是回到了很久以前的光景，那个午后的 Mr. Lonely，两个人带着各自的心事共同分享过喝咖啡的时光，她们没有刻意地将往事铺平展开在阳光下，只是静默地相对着，看着时间如何在掌心划过，留下怎样的痕迹——是悲凉的遗憾，还是守望的坚持。

“我这样子估计让宋叔叔看见了要被取笑的，太狼狈了。”清苑先打破沉默。

“不会啊。清苑，你不管变成什么样子，都是天生的贵族。”

“那我猜一定是落魄的贵族。”

她们都笑了。

“说点儿什么吧。”短暂的沉默后，清苑突然提议。

“说点儿什么？”鸳凉不知她所指，有些疑惑，问道。

“什么都好，我喜欢听你说。”清苑只是笑，笑容清淡，甚是好看。

“咳，从哪里说起呢？”鸳凉调皮地笑一笑，假装皱眉做思考状，然后慢慢地继续道，“那就从故事的最初说起吧……”

那是鸳凉的一生中第一次向别人提起她的故事，她和承欢的故事。

她一直笑着，像是说着一段事不关己的事。即使是痛心疾首的段落，也一带而过。

“女孩第一次遇见男孩是在她七岁的时候……女孩的母亲出走，父亲去世，她被送进福利院。男孩的父亲是女孩的姑父，收养了女孩。那以后的漫长人生他们都在同一个屋檐下长大……

“女孩不知道是从什么时候开始发现自己喜欢男孩的，也许是因为男孩对自己的呵护和宠爱，也许是在她眼中的他太过优秀耀眼，也许是因为他符合了她对温暖的梦想……总之，当她意识到她喜欢着男孩的时候，男孩已经有了自己的爱情。女孩意识到，这也许是一段违背伦理的感情，它是耻辱，不被认同，应该被埋葬，被消灭……

“女孩一直在进行一场旷日持久的博弈，对手是自己的爱和思念……”

鸳凉慢慢地说着那个很长很长的故事……没有名字的女孩和男孩的故事。

然而故事的结局是什么，她不知道——女孩最终战胜了自己，告别了年少的执着，就此释然地放下了一切，还是女孩最终没能骗过自己的心，在挣扎中痛苦一生？或者能够有什么奇迹，像是安徒生童话的结局，女孩和男孩最后幸福地生活在一起？

她不知道结局是什么。

没人知道。

“不聊聊你的事？”等到鸳凉发觉自己说不下去的时候，只好回问清苑。

“鸳凉，你信佛吗？”沉默了一会儿，清苑只是这样问道。

鸳凉摇头，她是无神论者。

“佛家有佛缘一说。我想万事皆一个缘字……人生八苦，生、老、病、死、爱别离、怨憎会、求不得、五阴炽盛，这些都是再自然不过的事情，更何况，遇见谁、爱上谁本就不是我们能预料到的。提得起放得下说得简单，做起来难。只求随缘，爱恨当有时，无愧于心便好。”

鸳凉笑，心里却有所释然——清苑在说服鸳凉的同时，恐怕亦是在说服自己。

又听到清苑轻轻叹息一声，道：“我的事，以后一定会告诉你。”算是对刚才那句疑问的回答。

知她现在不愿讲，鸳凉便也不追问，只轻轻一笑，作罢。

她知道，这一场相识太晚。当她们遇见彼此的时候，就已经各自带着往事而来，这份情谊不同于她与唯喜一起见证成长里的辗转疼痛的感情，它没有那么多偏执激越的成分，而是成人式的清醒和保留，各自不言说，却因为缘分的牵绊，心意相通。于是她们此时能做的只是在时间里遥遥对望，多少怜悯与慈悲都无从表达。只要知道，她们都能够了解对方的心意，并且，始终都会尊重对方的选择，这就足够了。

鸳凉此时看着清苑，那张幽静的脸上看不出一丝伤感。她知有些事清苑既然已经选择了不说出口，那么即使她问，也是徒劳的。若是清苑当真放得下，那么就让往事随风而去吧。

而她会记得，她曾向她讲过一个故事，一个深埋在内心多年的故事。像是一场追思，说完了，感觉像是转述别人的事。

很多年后她依旧会想起清苑一脸淡薄的神情说着佛经里的句子。

——人生八苦，生、老、病、死、爱别离、怨憎会、求不得、五阴炽盛，这些都是再自然不过的事情。提得起放得下才是明智之举。

但愿有一天我们足够成熟，都能做到如此，清苑。

7

六月末，S市终于走出梅雨季，难得地露出干净的蓝天。

宋祺明已经进入全身衰竭阶段，只凭药物已经不能挽回生命衰败的颓势，本来已是瘦削的身子此时看起来更为羸弱。前些日子他和鸳凉、承欢商量过后，决定要求医院停止治疗，因为，比起沉闷的医院，他更想在家里度过生命中最后的时光。

鸳凉乖乖地待在家里，守着寸寸流走的光阴。

她每日早晨出门买些食材回来煲汤，时而带回来一株新鲜的马蹄莲或者石竹放在客厅里，有种别样的生动姿态。白天时放一些海菲兹和阿卡尔多的CD，是宋祺明年轻时极爱的小提琴曲，曾经因为生活的忙碌而被遗忘，此时重新拾起的，不仅是那些令人怀念的婉转旋律，还有那些回不去的往日时光。

宋祺明已经虚弱至极，昏睡的时间越来越长，却依然坚持在每一次清醒的时间里和鸳凉倾心交谈，多是说些承欢和鸳凉小时候的事。

“鸳凉，还没有来得及告诉你关于你亲生父亲的事……我以为你会很想知道你亲生父亲和迟薇过去的故事，这么久却也不见你问。”这一日，宋祺明从昏睡中醒转，又提及往昔的事来。

“我知道如果爸爸觉得有必要自然会告诉我的。”鸳凉轻轻一笑，她还记得上次中断谈话是因为承欢的出现。她并非不好奇，只是安静地等这一刻的到来，他觉得那些事情是她应该知道的，他会告诉自己的。当这一天到来时，往事自然会揭下所有的面纱，呈现出它的原来面目。

“鸳凉，有些事是要靠自己争取的。”宋祺明叹息一声，欲语还休。

鸳凉心下一沉。争取吗……若明明知道不会有结果呢？

宋祺明却不等她回答，就自顾自地说起原先那个话题：“你妈妈离家出走，并非因为不爱你爸爸，而是恰恰相反，是太过爱。”

“你认识我妈妈？”鸳凉有些意外。

“嗯，那时候也是一个队里的，她一直很喜欢你爸爸，我知道你爸爸妈妈结婚的事以后也有些意外，因为她当时是知道迟息和迟薇之间的事的，却还是很执着地嫁给了迟息。我猜想，她应该是爱极了你爸爸吧。”

“那她又为什么会离开呢？”

“因为无法改变——就像我无法改变迟薇对迟息的感情一样。她许是发现了自己也许终其一生也无法取代迟薇吧。鸳凉，并不是所有的爱都不求回报的。要让一个女人为她爱的人付出一生，却不被爱，这太残忍了——所以她走了。你妈妈桑彩和迟薇不同，她家境不好，从小受了很多苦，在我的记忆中桑彩从不张扬跋扈，总是温柔隐忍的，甘愿隐没于人群中。可能，我只是猜，即使是她那样温和好脾气的人，最终还是无法接受这样在委屈和阴影里过一生吧。离开迟息，也许是她一生中做出的最勇敢的决定了。从某种程度上来说，我和你妈妈的境遇是相似的，只是我最终还是没能放下迟薇罢了。”

“嗯，我也不恨她。长大了就明白了，没有必要——她有权自由选择自己的人生。”鸳凉颔首，知道了那些往事以后，她已经能够体会母亲的两难处境，谅解母亲的情不得已。

“鸳凉。”宋祺明打断她的话，轻轻摇头道，“你没有听懂我要说的。”

“啊?”鸳凉以为爸爸之所以会这么说，是为了告诉自己，母亲抛弃自己是迫不得已，要学会宽容。

“如果有至深的爱恋，那就坚持你对那份感情的虔诚心。我猜想你爸爸的死也应该跟迟薇的离开有关系。若你爸爸和迟薇当时勇敢地坚持在一起，那么也许故事就会重写。毕竟，没有人愿意让自己独一无二的一生做别人的替代品，假的慈悲，其实才真的殃及无辜。”宋祺明凝视着鸳凉，那眼神是疼惜的，“鸳凉，诚实地告诉爸爸，你对承欢是怎样的感情?”

鸳凉心下一惊，满是仓皇地看着爸爸。

不用有过多的解释了，因为那个多年来小心掩藏的秘密，此时已经全都写在那个表情里。

“鸳凉，爸爸很遗憾不能陪你们继续走下去，只是希望你能按照自己内心的声音生活……你和承欢都是好孩子。如果当初我没有领养你，而是让你们在人群中相遇，可能又会是另一种境遇了。”宋祺明最后轻声道，他的眼光落在遥远的地方，不知在看哪里。雾蒙蒙的，像大雪覆盖了天地一般空阔悲凉，然后当悲凉散尽，隐约有虚弱的暖意。

微妙的缄默，只有挂钟的秒钟发出细微声响，每一声，都像是尘埃的抖落。

另一种境遇吗，她心里不敢想。只觉得当自己的心思暴露在空气里时，心情竟是那么混乱。

此时门铃突兀地响起，打断了这一瞬的尴尬。

“我去开门。”鸳凉匆忙起身，逃离了这个话题。

8

门外是唯喜，妆容精致，V领的烟灰色雪纺裙，领口是低调却精致的蕾丝绑带，周身罩着一层夏日早晨清亮明媚的阳光，像是刚从杂志封面中走出来一般。

“迟小姐，有你的快递。”唯喜佯装正经，冷着脸鞠了一躬，变法术一般从身后拿出一个长方形的小包裹。

“顾小姐您这又是玩什么花样啊？好好的模特不做，转行当快递员了？”鸳凉笑了，整理好情绪，调侃回去。

“我可没那么浪漫，刚巧在楼下碰到快递员，帮你签了拿上来而已，看样子是书之类的东西——我们迟大研究生又要开始钻研哲学了？”唯喜还是一贯的慵懒，一面侧身进屋，一面解释道，末了又问，“叔叔这些天身体怎么样？”

鸳凉只是看着唯喜，带着遗憾轻轻地摇了摇头。

唯喜不语，换了鞋走进最里面的房间。那扇门并没有关，马蹄莲在药水味的衬托下，有种病态的美。宋祺明像是又睡着了，皮肤是枯槁的苍黄色，即将耗尽的残灯一般衰弱无力。

唯喜在门外静静地站了很久，最终回头对身后的鸳凉说："叔叔睡着了，我们不要打扰他，去旁边的房间吧。"

鸳凉的卧室里，两个人坐在鸳凉软绵绵的床上，随意而亲密，一如她们一起走过的整个青春时代里无数个一起度过的周末时光。

"鸳凉，其实我有些事情想要问你。"唯喜突然道。

"你说。"鸳凉一面说一面起身，拿了一瓶红茶递给唯喜。

唯喜却只是摆摆手，神色有些不安，"说起来，你哥和沈吟溪是什么时候开始在一起的？"

"我哥和吟溪？"这个问题显然出乎鸳凉的意料，鸳凉想起她和颜祈的关系，又觉得似乎在情理之内，"他们算是青梅竹马，小学时就在一个书法班，后来一直在一起上学，从小学到中学……真正确定在一起是大学时代的事了。"

"那么颜祈和你哥曾经有过怎样的过节？是不是因为沈吟溪？"

"因为吟溪姐？"鸳凉显然没想到唯喜会这么想，有些错愕，“为什么这么想？是不是颜祈和你说了些什么。我记得上次你打电话问过我颜祈和吟溪的事情。我不太懂，是你和颜祈之间发生了什么事吗?”

“没，我只是猜想——虽然这么说对你哥也不公平，但我还是觉得，他们之间也许不只是同学关系那么简单——原谅我说这些给你听，我只是不想瞒着你。”

“还是说你看到了什么吧。”鸳凉说。

“没有。”唯喜摇头，笑容有些苦涩，“或许我不该这么敏感的，太神经质了。”

鸳凉握起她的手，认真地凝视唯喜的眼睛，“唯喜，你是真的爱颜祈，对吗?”

唯喜笑了，坦然地点点头，她的眼睛明亮得像黑夜里的星星。

“那么就相信他，无条件地信任他。”鸳凉轻轻地道，“即使这么多年未见，我并不了解现在的颜祈，但是我知道我哥和吟溪姐的感情。而且我哥和颜祈曾是很好的朋友，我不知道他们曾经有过怎样的过节，依稀记得似乎是因为颜祈家里的事情。可能大家年轻时难免会不懂事，事情不会是你想的那样，所以我希望你过得轻松点儿。别胡思乱想好吗?对自己有信心点儿，担心不被爱，那不是你该想的事。”

“鸳凉……你永远都这么笃定吗，即使是面对宋承欢?”唯喜一语点破。

鸳凉的神情有一瞬的怅惘，然而只是一瞬，很快便被安静坦然所替代。她说："是。我笃定他对吟溪姐的感情。我笃定他的爱足够真实热烈，即使那一切，与我无关。"

唯喜看着她，突然有欲落泪的辛酸感觉。这个话题不能再继续下去了，因为时光的脸太过变幻不定。而在这变幻的时间里，百无是处即深情。

"我们现在去超市买些材料，晚上一起在家做饭如何？叔叔过去喜欢热闹，我们还可以叫帛然过来。对了，你哥什么时候下班？"唯喜笑吟吟地选择了转移话题，往事如过眼云烟，只要现在过得坦然安定就好。

"好啊。"鸳凉应了，她的笑容看上去有真实简单的快乐。

9

热闹散尽过后，鸳凉在厨房收拾餐具。承欢和宋祺明在卧室里，承欢每天下班回来后都会陪着父亲说话。成年人的感情趋向静默，不善表达，大多时候父子之间会觉得无话可谈，承欢就安静地读书给他听。

鸳凉做完自己的事情就回房间，这时才看到白天的包裹，还未来得及拆。包裹是从云南沧源寄来的，并未写清楚发件人的姓名。

记忆里，她并没有在云南的熟人。

她小心地打开层层包装纸，里面的盒子里放着一本书，是黑塞的《德米安》，还有一封信。

一张A4白纸规矩地折起来，展开信，陌生的字体，但是异常的美。黑色钢笔字干净飘逸，透着清秀的风骨。最后，鸳凉看见信的末尾上写着——“你的，清苑”。

鸳凉心里突然有一瞬的颤抖，自从上次在医院告别林清苑，父亲已搬出医院，她已经失去清苑的消息很久了。像是为了回避那件荒诞的事，她换掉了手机号码，并未和任何人联系。鸳凉打电话问过屿之，亦没有结果，只好作罢。她等待着清苑平息自己的心情，重新出现在自己的面前，就像从来不曾消失过那样。

鸳凉拿着那封信的手已经有些颤抖，迫不及待地从头看起。

亲爱的鸳凉：

决定离开是一瞬间的决定，又好像是一个蓄谋已久的计划。留在S市的日子不长，却也像是经历了一场盛大生命的浩劫。我觉得最好的事情，不是不顾后果地爱上了一个原本不该爱的人，输得一败涂地，留下什么见鬼的青春印记，而是，遇见你。

相识几个月来，我似乎从未提起过自己的事。上一次我答应过你会告诉你我的故事，一个同样不合世俗常理、不被接受的故事……但是我觉得，你是懂我的。

想来奇怪，这些年我写了很多故事，却未提及我自己的故事。

我的家乡，是云南。然而如今再回来，中间已经隔着十年的光阴，我的亲人们都早已不在人间了。自母亲在我十三岁时因疟疾去世后，父亲就娶了别人，而当时执拗极端的我偷了家里的钱和母亲生前的首饰箱跑了出来。

那个时候我只有十三岁，不知道该去哪里，天地是这样空旷。钱在路上很快就花完了，一分不剩。我无法找到养活自己的方法，没有技能，不能打工，只好将母亲的首饰陆续地卖掉。然后终于在一天，我在首饰箱的底层发现了母亲的秘密——十几封书信，一本日记，一段年少的恋情——恐怕那也是母亲此生最怀念的时光。

我母亲初恋的那个人，是简龄。

于是我抱着侥幸的心情，选择了S市作为我的目的地。尽管我不知道，自己即将面对的是什么。后来，当典当尽了母亲的所有金银首饰，我也终于双手空空地到达自己的目的地。然而这个城市是这样大，让我觉得自己那些幼稚的心思都是笑话。那是我一生中最困难的日子，我四处打工，晚上睡在公园的长椅上，身体虚弱，后来终于寻到一个出版社的差事，在那里打杂。然后，意外的开始写些故事。我并没有受过很好的教育，然而对文字却有着特别的天赋和执迷的热爱。也因为这样，在S市生活的第五年，我已经能够用文字养活自己。

阴差阳错，在一次书会上，我真的遇上了他。

人群里，他那么与众不同。在这样的书会上，有很多人笑着交谈，把文学当作应酬，借着写作和艺术的名义，其实只是为了赢得名利。而他却始终郁郁寡欢，却在阴郁中透着异样的尊贵气质。我想这样的人，必然是有着真正艺术灵魂的人。事实证明，他确实是。

初次见面的时候，他曾漫不经心地自我介绍，简龄。

那一瞬间我心里百转千回，却还是故作镇定地说起，我在母亲的日记里看到过你的名字。

他当时神情依旧阴郁，但是眼睛里却是掩不住的吃惊。

我们因此而有了第一次的单独约会，后来我们熟悉起来，我毫无预兆地爱上他。他从未对我说过他有妻子，甚至，我也见过他的家人。虽然，他也对朋友宣称我是他的爱人，但他对我的态度一直不甚热情。我以为，只是年龄的原因让他有太多的顾虑，我一直对此心存侥幸。

直到婚礼那天发生的事，我才知道，他是有妻子的人。

那天在医院，你走之后他来看我，终于说清了这两年的事。他对我的感情，其实来自对我母亲的愧疚——若不是他当时为了回城而抛弃了已经与他有过媒妁之约的母亲，母亲也不会早逝。而这些亏欠，他希望补偿给我。他说了很多关于他们过去的事，唯独没有提及我们一起度过的两年时光，哪怕一句。

我终于明白，这两年来，我只是自欺欺人。

而现在，我曾经引以为傲的爱情突然就成了难以启齿的耻辱——我居然成为破坏另一个家庭的第三者，道德边缘化的处境让我备受煎熬。

所以我离开，带着失望和不舍。然而却发现天地太大，我其实无处可去。像是一个悲伤而微妙的轮回，十年前两手空空地离开故土，而十年后我回来，依旧两手空空。

此时我在沧源，即将越过国界往南去。

如果生命不能为爱停留，那么至少要为梦奔走……现在的我，抱着微末的期盼，期盼在路上见些过目不忘的风景，遇见些值得回味的人和事，也不枉此生尘世走一遭。

鸳凉，我相信在这前路上，你会在某一个转角处再出现。

随信邮寄的书和 CD 是我十八岁那年送给自己的成人礼，都是曾陪伴过我的旧物。如果说有什么珍贵，那么只是承载在它们之上的漫漫光阴；只是做个纪念，纪念清苑和鸳凉曾经在这寂寞的人间相遇。也许以后，还会相遇，那时我们都已经苍老……

时间终究还是慈悲的。

就像此刻，我还能够大言不惭地对我们一无所知的未来心怀期待。

希望彼时，我们的生命可以变得宁静坦然，没有悲伤的阴霾笼罩。那时，我一定要和你有一场漫长而倾心的交谈，陪伴彼此共行一段漫长而温暖的路程。

下雨了，我的车要走了。天气像是哭泣的脸，但总会再次灿烂展颜的。你说呢？

生活于谁都不容易，所以我们更要让自己变得坚强。

那么，有缘再会。

你的，清苑

2010年7月7日晨　于云南沧源

林清苑的字体清瘦，但是却有种坚毅的力量。平静里暗藏汹涌澎湃，终究被温柔的海洋表面所覆盖，那里空阔寂静，荒凉孤独，却在真正意义上无限接近永恒。

鸳凉手里握着那封信，突然觉得悲从中来。

这一场遇见和别离是如此的迅疾，不动声色，却在无声中牵动着鸳凉的心。她甚至能够想象得到那个古典幽静的女孩，独自在路上时的寂寞姿态。她不确定在这太过空旷浩大的人间，她们是否还会有缘穿破熙攘的人群再度见面。他日再相逢，又会有怎样的场景，处于怎样的人生阶段？想到这里，她再一次不可抑制地难过起来。

原来过了这么多年，她本性还是个孩子，还是没能学会平静看待生命中的别离。

就在那时，她听到承欢的声音从另一个房间响起，不容迟疑的命令。

“鸳凉，快给纪医生打电话——让他现在过来，立刻。”

她心里一惊，连忙拿起手机拨通纪沿河的手机号码，冲向里面那间卧室，然后就看见宋祺明急促而起伏的呼吸着，承欢正匆忙地从瓶子里拿出药片和倒水。她紧张起来。

宋祺明的眼神有些涣散了，他的手努力地伸向空中，似乎想抓住什么，终于只是打落了水杯，发出刺耳的一声。

碎了。

10

纪沿河赶到宋家的时候，宋祺明已经停止了呼吸。

宋承欢和迟鸳凉都缄默着，在这一刻真正到来时，他们反而没有了太深重的伤痛。

所有的悲伤都像是凝固在心里了，因为无法涌动所以难有感知。也许在人生路途上，当早已意料到的劫难真的到来时，心里并不见得会有刀刀见血的疼痛。

“纪医生，这半年来承蒙您的关照，我代家父感谢您。”宋承欢从卧室里走出来，垂着眸，声音平静。

沿河一时语塞，半晌，才慢慢地吐出两个字：“节哀。”他见过的死亡已经够多了，但是这一次，他感同身受了鸳凉的痛苦，无法对死亡感到麻木。

他看向房间里的鸳凉，她一直坐在床边，静默地凝视着宋祺明的遗容。她僵硬地坐着，背脊笔直，整个人是雕塑一般的沉静。

在不久前的几分钟里，她看到了一个生命在弥留之际的最后挣扎和不舍，终于被放弃了，消失了，宁静了下来。此时，她依旧觉得宋祺明像是睡着了，仿佛还能看见慈悲温柔的光芒笼罩于他周身。他现在到另一个世界了吗？他是否已经不再感觉痛苦？是否已经见到了年轻时日夜思念的人？

在光阴的漫漫河流里，她最后一次凝视他，像是第一次在福利院遇见他时那样认真地凝视着他温和的眉眼。于她而言，遇见他以后，生命展开一番新的天地。而在那之后的漫漫光阴里，他扮演的角色，是她童年时遗失的，却一直企盼着的温暖存在。

沿河在门外站着，见惯了生离死别的场景，此时却依然觉得这样的寂静有着噬骨的冷。

“那么就此告辞。”他明白自己作为一个局外人，应该把最后的时间留给他们，然而走到门口却又回转身来，不放心地对承欢嘱咐道，“照顾好你妹妹。”

这句话有种托付的意味。沿河回头，再一次远远望着鸳凉，眼神里有深深的疼惜，然而还是要离开。他心下澄明，这一次自己的离开，虽无关生死，却已然有了诀别的意味。

“会的。”承欢靠着墙，整张脸都埋在阴影里，只有声音像是叹息，低沉地送到沿河耳边。

沿河点了点头，把门轻轻地从外面关上，将他们兄妹从这个喧闹浮华的世界里暂时隔离出去。

黑暗的夜像是末世，看不到光，没有希望。

他们兄妹一个坐在床边，一个靠在门边，缄默相守。

仿佛言语会惊动了犹存在这房间里未走的逝者，显得对死亡这件事不够虔诚庄重。又或者，他们在用这种安静来吊唁用生命去爱的人。

滴答，滴答。

秒钟跳跃的声音，呼吸起伏的声音，血液流动的声音……所有和生命有关，或者无关的声音，都在缅怀属于内心的追思。

不知这样过了多久，承欢终于打破了这种寂静。

“爸爸走之前跟我说了一些话，关于我们。我想我应该告诉你，那也是爸爸的心愿。

“我总是回忆起第一次见到你的时候，你看到我像是很怕，一直拽着爸爸的衣角往他身后躲，那神情倒像是我要抢了你爸爸似的。那个时候你好像什么都不在乎，玩具、零食、漂亮衣服，一点儿没有女孩子该有的样子，只是唯独对爸爸很依赖，黏人得要命。有几次我甚至怀疑自己不是他亲生的，所以爸爸才冷落了我。爸爸就对我说，要疼爱鸳凉，男孩子要独立，要习惯孤独，并且勇于承担和付出。

“直到刚才，他在弥留之际，才告诉我原来我真的并非他的亲生儿子，而这件事你也是已经知道的了。但是我不怪他，反而觉得，我们的爸爸是他，这已经是一件太幸运的事。他在最后的时间里对我说，生命最后的半年虽然身体渐渐衰弱，然而，却是最为幸福满足的时候。他觉得这一生没有什么遗憾的事了，只希望我们能够过得随心和快乐。还有你，他说你一向温柔懂事，唯独对于自己却太过苛刻了。

“过去爸爸一直是我心里的英雄，我一直想要成为像他那样的男人。勇敢善良，积极上进，永不绝望，充满信心。也许现在的我不能事事都做到完美，但是我会试着努力，他走以后，希望你不要对这个世界失望。我不能取代他，但是我会试着让自己变得强大，值得你依赖和相信。

……

“鸳凉，你要记住，不管发生什么事，都还有我。我们要带着爸爸的期望好好活下去。”

说这些话的时候，承欢一直站在门口。他的语气很平静，甚至带有些许温暖的气息。而鸳凉坐在里面的房间，她的脸被自己捧在手里，掌心里都是泪。

“来，我们一起送爸爸最后一程，别哭。”他走进来，轻轻坐在她身边，用力地搂了搂她。

第四场　甄别

我长时间地徘徊在/东哥特结冰的田野上/半天不见人影/而在世界其他地方/人在拥挤中/出生，活着，死去/想引人注目——生活在/眼睛的海洋/就必须有特殊表情/在脸上抹泥/呓语飘起，沉落/在自身，天空/影子和沙石间分裂/我必须孤独

——托马斯·特朗斯特罗姆《孤独》

1

宋祺明的葬礼，按照他生前的愿望，一切仪式从简。

他生前是商界精英，创造了辉煌的业绩，是业内知名的企业家和慈善家，一生结识过很多人，个性良善谦和，备受尊敬和喜爱，却一直为人低调，所以即使在葬礼这件

事的安排上，依旧坚持不希望自己的死亡被太多人所知晓，被浮华的词句歌功颂德，只想一个人悄无声息地走。

死亡是这样一件事，它将所有鲜活的感情都变成了苍白的追忆。医院开了死亡证明，然后一个人从户口本上被抹去了。躯体被火化埋葬了，思想丧失了，一切就像从未存在过那样，再也没有任何的证据来证明曾经真实的生命。

所有的凭吊都是子虚乌有的，它们只属于记忆之空。

然而，活着的人还是在一如既往地向时间尽头奔赴。

在这清冷的人间，又有谁不是忙着生，忙着死，忙着投身于无意义的生命本身，却找不到出口？

而在葬礼结束以后，鸳凉没有继续奔赴自己的前程，她总觉得生活缺了点儿什么，茫然不知去向，也再难有为学业忙碌的心思。那几个月她依然待在家里，维持着父亲还在世时的生活——每日早起买一株白色的马蹄莲，然后做饭，在家看电影，听广播，看教育频道的科普节目，晚上出去散步……只除了，病榻上已经空了，没有人可以与她聊天说故事了。

生活看似寂静安宁，内心却时常波涛汹涌。

她不断地问自己。

鸳凉，你的梦想是什么？你想过怎样的生活？

……

然而总是无解。好像从她经历过宋祺明的死亡之后，一切都变得通透了，无所求了。生命在死亡的对照下显现出的一切空虚和无意义，将她吞没。过去的所有梦想和追求都变得渺小。似乎向哪里走，结局都是相同的——那即是，百年之后，所有人都会被时间和记忆抹去。

我们都不曾存在过，我们的悲伤和欢乐，我们的爱与哀愁，原来都没有意义。

她觉得自己的生命没有意义。这种想法太可怕了——她甚至感觉自己的肉体和灵魂都被这样虚空的想法慢慢侵蚀，不因未来而期待，也不对过去抱有不舍，她变得平静如死。

“打算什么时候回学校？需要我去帮你办手续吗？”终于有一日，承欢问起她来。

“还有一个月开学，我自己过去就可以了。”她敷衍着他，彼时她正在专注地修剪着一株马蹄莲的枝叶。宋祺明离开以后，她花了很多时间在植物和烹饪上，避免和承欢有接触和交流。做这些事让她觉得平静，似乎还能依稀地感觉到父亲的气息。

“嗯，那就好。”承欢却一直担忧她的状况。

“怎么很久不见吟溪姐了？”这样问起来的时候，鸳凉才突然发觉好像已经很久没有见到过沈吟溪了。宋祺明的葬礼那天她也只是短暂地出现了片刻，甚至没有搭上话，就匆忙离开了。

“噢，我们一个月前分手了。”承欢垂眸，云淡风轻地道，像是说着类似“吃过饭了”或是“今天要加班”一般平常。

鸳凉有些震惊，抬起头看着宋承欢。

“为什么？”她愣了片刻，还是没理清思路。

在她的记忆里，从他们决定在一起后，别说是闹分手，就是吵架也是极少发生的事。可能两人的性格都极其温柔内敛，像是天生一对，关系一直和睦得让人嫉妒。所以他们的分手才会让人吃惊。

承欢的脸上浮过一丝无奈的笑容，似乎不知从何说起，最后只是淡淡地解释：“都是我们之间的事，况且，也都过去了。”

“不能说给我听？”

承欢的神情有些犹豫，就在她以为他就要再次沉默的时候，他却开口道：“我以为你会因此而轻松一点儿的，鸳凉，你一直因为我们之间的关系而不快乐。”

他看着她，眼神透出昔日那种略带尖锐的锋芒。鸳凉在那个眼神的直视下，竟感觉慌乱起来，她只觉脑中空空，一时间不知该作何反应，许久，才幽幽地反问他：“你很早就知道了？”

“嗯，知道。”

答案出乎她的意料，鸳凉猛然抬头，却撞见承欢的眼神，那神情里蕴藏着某种难以表达的情愫。不是关怀，不是悲伤，不是遗憾，甚至不是平静……对了，是怜悯。她终于明白了。

那神情，带着一种慈悲的怜悯。

只是，怎么会是怜悯呢？他对她的感情，怎么可以是怜悯呢？

“从什么时候开始？”她深深地吸了一口气，强烈地压制下自己即将崩溃的情绪。

或许是感到了她的受伤，他的声音柔和了一些，只是语气却依然是笃定的，“很久以前。”

“所以你现在这样做是为了什么，施舍我吗？”鸳凉的语气突然尖锐起来，带着歇斯底里的意味。她烦躁地转身，然后闭上眼睛，试图努力控制自己的情绪，“你明明知道却什么也不说，只有我自己在演戏，却是最拙劣的演技。你当我是什么，小丑吗？”

“鸳凉，我以为你会理解的。”他有些不知所措地望着她，眸色深沉如海，有平静的悲哀。

“理解？理解什么？让我理解自己是个多么卑微的人，还是理解原来我这些年的生活是多么荒诞？”鸳凉仍旧不能平静，每句话都带着刺，“那么我告诉你，我不需要，我不想涉足你的生活！我对你的感情怎样那只是我一个人的事情，我不需要任何的回应。而且，既然你已经视而不见了十几年，为什么不一直坚持下去？你现在这样的态度又算什么？遵照爸爸的心意而怜悯我吗？你不知道你这样对吟溪姐……”

“因为我是自由的。”承欢打断她，鸳凉一时愣在原地，他缓缓地吐出下半句话，“所以我做出了选择。”

他看着鸳凉的眼神，继续道："那么多年了，我都没有遵照过自己的心意。是的，对于你的感情，这些年我其实一直都是明了的。原谅我的不拆穿，还自以为是觉得那是对你的保护。对不起，这些年带给你太多的挣扎和困扰了。也许对你的感觉早已超越了普通的兄妹感情，虽然理智告诉我应该怎么做，却还是发自本能地想给你更多保护和宠爱。也许这是你的困扰来源，我试图将自己的感情界限划分清楚，对你，对吟溪，然而，不知道为什么，这些年，我却一直没有做到。"

鸳凉看着他，她想说什么，最终却只是颓然地张了张口，没有发出声音。

心情很乱，甚至可以说是，从未有过的不安和惶恐。

"我……"承欢微微垂眸，温柔却带着些许感伤，叹息一般的，却不再说话。

很安静，甚至可以清楚地听见对方的呼吸声。

就在这时，承欢的手机铃声突然响了起来，他微微皱眉，最后还是当着鸳凉的面接了起来，然后随意地说了几句话就挂断了。

"详细的事我回来再解释给你听，不要多想。中午不想做饭就去外面吃，我得先走了。"他说。

鸳凉只是沉默地站着，他等了很久，她依然没有回答他。

承欢轻轻地叹息了一声，走了。

2

咖啡厅正在放那首恩雅的《A Day without Rain》(《无雨的一天》)，极其柔软的旋律，像是时光与岁月的缠绵。

沈吟溪坐在窗边的桌子上，认真地吃着一块提拉米苏。她的眼神因为过于专注，看起来甚至有了些迷醉的味道——直到宋承欢在她对面坐下来。

“近来可好?”她抬起来，眼睛温柔地眯起来，笑着问他。

承欢微微颔首，算是应了，然后向一边的服务生要了一杯柠檬水。

“有事?”他问。

沈吟溪幽幽地看着他的眼睛，笑了，带了些许自嘲的味道，然后终于缓缓地说：“有事想请你帮忙。”

宋承欢沉默。

“这里有份文件你可以先看一下再做决定。”沈吟溪突然从包里拿出一个文件夹，递给他。

宋承欢轻轻皱眉，像是在犹豫要不要打开来看。迟疑了一瞬之后，他还是接了过来。

那份文件他见过，却也可以说没见过。那是一份合同的复印件，这份复印件里的内容和他见过的原件不完全一样。虽然差别甚微，但是谁都明白，在这样一份合同里，一个标点符号都有可能划分出完全不同的意思。

吟溪安静地看着他凝重的神情。

“吟溪。”像过了一个世纪那么久，他抬起头，带着些许遗憾的神情，看着她。

十几年了，第一次，她觉得自己此刻终于能看到他的悲伤，那么的近，那么的真实。

然而，这一刻，她却没有丝毫的快乐。她的心，比他还要悲伤。

与此同时，唯喜结束了一天的工作，接到颜祈的电话，他来接她吃晚饭。

“想吃什么，中餐还是西餐，或者日本料理?”她打开车门像平常那样坐在副驾驶的位置上。颜祈侧身凝视着她，带着笑说道。

“随你啊。”唯喜满不在乎，“你今天看起来心情不错。”

“正相反，其实遇到了些烦心事。”颜祈一笑。

唯喜不置可否，她没有问下去，一笑了之。

“而且，这件事恰好与你有关。”颜祈却有意要说下去，他的眼神是魔魅迷离的深灰色，特别温和，却也特别宁静。即使在碰到“烦心事”时，他的脸上依旧看不出一丝浮躁和焦虑。

“原来你遇到烦心事时和平常完全没差别的，都修炼成精了。”唯喜看着他的眼睛，不以为意，一半正经一半调侃地说道，“说说看是什么事，能难倒我们颜公子。”

“你知道我最近经常跟沈吟溪见面，其实是有我的原因的。”

“你不需要解释，我相信你。”唯喜笑着打断他。

“你知道她已经和宋承欢分手了吗?”颜祈依旧不动声色地讲下去。

唯喜一时也有了一丝愕然，问：“什么时候的事?”

“一个月之前，是承欢提出的。”

“原因是什么?”

“他对吟溪说是因为鸳凉情绪不稳定需要他照顾。”

“他和鸳凉? 你信?”唯喜幽幽一笑，“反正我不信。”

“这当然是假的，不过我已经告诉了吟溪真正的原因。真正的原因是，因为宋叔叔住院的高额费用，宋承欢利用职权挪用了巨额公款。这事本该天衣无缝的，但是有一个环节出了错，现在上头已经在秘密调查这件事。承欢可能也知道事情要败露了，所以为了避免牵连到沈吟溪，选择和她分手。我不知道他是打算独自揽下这责任还是想怎样，我很担心他的处境。”

“开玩笑，宋承欢不可能做出这种事的！而且宋家应该有不少存款，只是不到一年时间而已，不至于的。”唯喜反驳他。

“唯喜你还太过天真，宋叔叔生病之前一直把多余的积蓄都捐给了慈善基金会，而三个月前的股市情况你也应该略知一二。承欢做的事也是一时情急，只是某些有心人暗中做了手脚，他才会落入此番险境。”颜祈淡淡一笑，道。

“你的意思是，如果是你也会这样做?”唯喜嘲讽地道。

“不，唯喜，我只是就事论事，而且我是想帮承欢。从前他就是那样，有什么事都自己一个人担。他不怕误解和非议，总是想用自己吃苦来成全别人的幸福。他甚至不问别人是否愿意。”颜祈的眼神有一丝寥落的痛楚，带了些微遥远的回忆，“当年他对我也是这样的。直到后来我清醒过来，然而已经过了这么多年……道歉也是徒劳。”

“那……严重吗？如果被查出来会怎样?”当唯喜相信这件事时，才发觉话题突然沉重了起来。

“我不知道严重到什么程度，会令承欢做出和吟溪分手的决定。事实上我也是无意中知道这件事的。”

唯喜沉默了。

“所以我试图说服吟溪，让他们去国外避一避，越快越好。”颜祈垂眸，“这也算是我对往事唯一能做的补偿了。”

“只是我觉得承欢未必会照做，至少为了鸳凉，他不会放弃这里。”唯喜提起鸳凉，心里一阵疼惜。

“我想也是这样，所以唯喜，我们要另寻出路，我想拜托你帮我一件事，也算是帮鸳凉了。”

“只要能帮到，你说吧。”唯喜轻声允诺。

“但是我希望你要保密——因为你可能不会相信，那个暗中做手脚的人，可能就是你的朋友。”

唯喜愕然，那一瞬只觉脑中空空，自颜祈说出那句话后，世间仿佛只剩下一片枯冷了。

她的脑子里浮现出少年温暖纯净的笑颜——宁帛然。

是他吗？

不会的……怎么会？

“嗯，帮我找一份文件，承欢应该将副本放在家里。我想看看，有什么地方能帮到他。”颜祈轻轻地开口道，声音低哑温柔，带着蛊惑的气息。

咖啡厅里，音乐已然停了，两首歌的间隙，寂静里透着伤感，只有冷色的灯光幽幽地笼罩于他们周身。承欢的手指有意无意地轻轻地敲着杯沿，一下，又一下。

最后，他轻轻地说了一句——

“对不起……吟溪，我不能答应你。”他微微地颔首。

她错愕，怀疑自己听错了，“你知道这意味着什么吗？”

“意味着我这辈子完了？呵呵。”承欢笑了。“对于过去的事我很抱歉，我明白欠下的债终究是要还的。无论是罪孽也好，误会也罢。我无心，他有意，这个圈套足够精彩，不是吗？”他语气依旧淡淡的，拿起外衣准备离开，末了又补充一句，“我等着法院的传票。”

她没有想到他竟会这样答复她，于是条件反射地抬起头来想从他的眼神中确认刚才的信息——然而，那个背影已经走远了，走得从容而坚定，他依然是记忆中那个强大到不可摧毁的宋承欢。

沈吟溪一人坐在沙发的角落里，像是被定格了，她很久都没有动。

下一首歌是Mondialito（梦的雅朵）的《tu as Disparu》（《你已消失》），温柔而美好。

“其实没有想要伤害你……只是自己不甘心啊。”吟溪垂眸，唇间勾起一抹苦涩的笑容，事到如今，她还是那么爱他。然而，是她错了吗？正是那些不甘心，把他推向真正的深渊……

3

你在人间跋涉了多久？你是否还记得自己初次邂逅爱情时的心情？你爱的那个人有着怎样的眉目，说话时有着怎样的神情，沉默时有着怎样的气息？

你会因为什么而爱上一个人呢？阳光下他眉眼温柔明净，看书时的专注神情，说话时的声音透着暖和的气息……还是，某一瞬间，让人心疼的执着？

那些真实而青涩的情感，带着痛却无可回避，宁愿倔强地选择一次次充满期盼又失望而回的磨难青春。

那时你还年轻，眉目里都带着纯净的笑意。懵懂中，你初次品尝孤独的滋味，你热切地妄想把生命中一切美好的事物与另一个人分享，那时你相信永久。

你比任何一个人都渴望爱情，却是因为你还并不懂得爱情。

迟鸳凉回想自己的二十余载人生……

七岁时的那个冬天，她被宋祺明带离福利院，漫长的路上，她被宋祺明抱起来，却看见犹是少年的宋承欢拽着父亲的衣角，有些费劲地追逐着父亲的步子。她突然觉得愧疚——像是自己抢走了本属于别人的疼爱。然而承欢却始终不以为意，像对待亲妹妹般呵护她宠着她。初到N市，从未与人有过过多接触的她自闭、不敢说话，同班同学笑她哑巴，承欢知道后比她还要生气，狠狠地教训了那些不懂事的孩子。十二岁的时候有情窦初开的男孩子给她写情书，她既惊惶又生气，却是因为觉得自己和承欢的关系受到了威胁。她委屈地告诉承欢，十九岁的承欢眼神澄澈如星空，有些无奈地安慰着她，哥哥会一直喜欢你的。十四岁的时候，承欢上了大学，也选择了和吟溪姐在一起，鸳凉明白了从前的依赖只是自己的任性，却依旧不能控制自己的动情。那之后的几年——一个女孩最美好的年华里，那场一意孤行的情动像是个肆虐的心魔，拉扯着自己的所有情绪，左右了自己每一个重要的人生选择。仿佛飞蛾扑火的自己，因一个温暖的眼神而欢天喜地，因一次无心的忽略而痛彻心扉。

她一直以为，这段鄙薄的错爱是自己一个人的事。

她认命。

然而，当承欢说出“所以我做出了选择……那么多年了，我都没有遵照过自己的心意”时，她却突然不知所措了。

是啊。她早该感觉到的，其实不是她一相情愿吧。在那么漫长的时光里，他对她的感情和关照又岂止兄妹情那么简单？每一次当她要狠心放弃时，他却用一次次近乎溺爱的关怀让她无从逃脱。

原来，他也是喜欢自己的啊！

只是如今，她却不知该如何选择了。只好装作不明白承欢话里的深意，他眼里难解的情意，带着对未来的茫然，把自己封闭在自己的小世界里。

多少年了？

一个星期之久，鸳凉住在唯喜家里，唯喜去工作，她就穿着睡衣在房间里睡觉看电影听音乐。

然而，前路依旧横亘在那里。现在的停留，并不代表以后也可以不去走。唯喜不闻不问，只是每天在冰箱里贮存她喜欢的酸奶、水果、蔬菜、面和沙拉酱，鸳凉心里有很多感谢，却不知如何言说。

直到有一天，唯喜突然带来一件东西，一个位于她卧室柜子底层的小箱子。

鸳凉心底一惊，再看向唯喜，只觉得她眼神里有些怜惜。

“我以前去你家的时候，你从这个箱子里拿出过年代久远的收藏，里面应该都是对你而言很珍贵很特别的东西吧？我想遇到一些事时，是能够从过去的自己身上获得勇气的，所以早晨拿了你的钥匙把它们拿给你。之前没有征求你的同意，对不起。”

鸳凉一时动容。她知道，这人生里仇恨尚能选择宽容，爱却难有逃避一说。

她打开那个小箱子。那里面琐碎的物品，每一份都承载着回忆。十二岁时，他送她的钢笔；十四岁时，他送她的石英怀表；十八岁时，他送给她的纯银戒指；他中学时代用过的树叶书签；他考年级第一的成绩排名表；全国获奖作文的复印稿……然后最底层，她看到是往日的相册和日记簿，那些自己曾以为再也不敢触碰的东西。

一张脆薄的白纸被抖落，她看见自己十岁时的画。画里，承欢是金光闪闪的王子，她自己是长着兔子耳朵的公主，公主和王子并肩站在一片蓝色的海滩上。阳光是红色的，画里的人，他们笑得比阳光灿烂。

画的右下角是鸳凉童年稚嫩的字体，十岁的鸳凉写着——

哥哥，生日快乐。我要永远和你在一起。

哥哥……这个称呼像是融了她整个青春时代的温暖理

想，被记录、被珍藏、被守护……最后，被放弃。

她想起宋祺明说过的话，想起上一代的爱恨纠缠，想起那些因为错失的伤痛和孤独，她甚至想起自己素未谋面的母亲和迟薇……如今都过去了，然而当她再次回顾那些十几岁时天真的梦想，她却几乎要落泪了。

鸳凉突然觉得也许自己在逃避这份感情这么多年之后，是时候该给自己一次勇敢的机会了。

但在那之前，她需要做一件事：对于帛然，她应该有所交代。

这么多年，鸳凉第一次主动打电话给帛然，说是有事想和他见面谈谈。

电话那边帛然有些受宠若惊，说是这就出门来接她。

鸳凉笑说不用，只留下一个酒吧的地址，说等他过来。

酒吧灯光暗红，墙上挂满了一串串红豆，代表相思。鸳凉喝着一杯白开水，思绪复杂。

很多年了，她和帛然之间的牵绊。

相逢——告别——重逢——再次告别。

很多次她试图摆脱这个怪异的轮回，然而每一次，当她回首都会发现，他还在原地，就像不曾离开过一般。只是，这一次，她想要说明白。

无形中，她其实受了承欢的影响——试图把所有的感情都划清界限，贴上标签，就像一个收纳感情的图书馆，30%

欣赏，或者40%迷恋，或许还有20%厌倦，10%的留白……至少要与暧昧无关，才会觉得安全。然而，却因为优柔寡断和避免伤害的动机，让自己一次次陷于迷茫的僵局。

而这一次，她从未那么清楚地感知自己的心情。爱与被爱伴随着伤害，从来不是同情怜悯。

正漫无边际思索之时，帛然已经坐在了她的对面。他显然是刚从公司过来，穿西装和一件做工考究的白色衬衫，眉眼弯弯地凝视着她，笑容温暖，依然是她记忆中的大男孩。

“帛然……”片刻缄默后，鸳凉轻轻开口，“这些年谢谢你的照顾。你付出的这些，你对我的支持和关心我也都看到了，也有过很多感动的时刻，只是……我想，我已经耽误你足够久了。不要在我身上浪费时间了，我们不可能的。”

帛然看着她，浅浅地笑着：“这就是你要和我说的话？”

鸳凉点头。

“那我当作你没说过好了，我说过这是我的事。是不是最近心情不好？别总强撑着，一会儿我送你回家。”他依旧笑，像是什么也没听到那样。

鸳凉却坐着不动，只是继续道：“我一直试图让我和他人的情感处于一种清晰的处境，我不要暧昧，也不需要太多爱来满足虚荣心。也许对感情不该有太纯粹的期许，完美主义本来就是一种病态。但是我却无法接受你一味的付出，这让我觉得辛苦和愧疚。我已经够辛苦了……所以，请你离开我，请你忘记我。”

帛然低着头，他的睫毛很长，遮住了眼帘，不知道在想什么。

鸳凉也没有再说下去，她在等他的回答。

他们彼此沉默着，很久。

“所以说，我的出现对你而言，是困扰?”宁帛然抬起眼睛，凝视鸳凉。他的眼睛里带着笑，笑里都是苦涩。

鸳凉没说话，只是咬着唇，点头默认。

“对不起，我一直不懂你。”帛然摇头，神情带着失落，轻轻开口道，“之前也没考虑到你的处境。对不起。”

鸳凉不知道该如何回答，不忍心地摇摇头——她虽然之前已经斟酌过千万次，但是那些话一旦说出来，还是会造成伤害。

“那我以后不会这样了。”帛然歉然而寥落，喃喃地道，“是我太自私了，一直在利用你的同情心，来获取我自以为想要的未来。这些年你一直不曾对任何人动心，我以为我可以有机会照顾你的……”

鸳凉无言以对。她无法告诉帛然——所谓的不对任何人动心，是因为心里的位置被人占据。而一直以来，自己对帛然的感情，是同情怜悯吗？连她自己也不懂了。只是，她清楚暧昧不是她想要的，索取也不是她想要的；只是她想要的，却得不到。她太明白那种期待得不到任何回应的失落和痛楚，所以不希望给别人期待。而她的故事会怎样，她只想勇敢尝试一次。

也许没有期待，也没有失望，才是最好的事，难道不是吗?

当她再一次抬头的时候，对面的座位已经空了。

那个明眸皓齿的少年，就这样消失于自己的生命中了吗？一切迅疾得像一场梦。

也好……他那么好的人，不该在自己的生命里浪费。

鸳凉想起他单纯的笑颜，有些落寞，却了然了。这个世界始终是残缺的，它无法让每段感情都有圆满结局。能做到不辜负，也是好的。

这么想着，她终于觉得心里轻松了一些，于是起身离开，一个人走向回家的方向。

而咖啡店外，街道的拐角处，帛然正在凝视着她走远的背景。

为什么明明下定决心要告别，下一分钟就会惊慌失措地寻找她的身影？这是本能，还是天赋？他靠着冰冷的墙，笑着自嘲，却感觉内心是无法回暖的冰凉。

4

夜色深沉，路灯昏黄，时明时暗。

没有路人，世界安静，空城一座。

他无法形容此时心里的感觉，是失落，还是难过？只是觉得身子疲惫，很想找一个有光、有温暖烛火的地方坐一坐。然而世界是这样的幽暗，轻易地就将人的感情和回忆一起吞没。在小区门口的自动售货机买了罐啤酒，然后坐在楼下将啤酒咕咚咕咚地灌进喉咙里。他知道自己胃一直不好，一直控制自己少喝酒，而现在他想要醉一次，来让自己觉得暖和一点儿。但是，思绪却像是故意要跟他作对，保持着清醒。

宁帛然，好了，该放手了。就算是执着，也该到此为止了。

他听到心里有个声音带着轻蔑的嘲讽淡淡地道。然后，那些声音变成刺刀，每一个字都扎在心尖，鲜血淋漓。

他不知道上天这样的安排到底有着怎样的用意，少时福利院的相遇埋下的伏笔，整个青春懵懂的思念和牵绊，大学重逢后的欣喜和认定，以及最后作为多余的角色被判出局……他是相信命运的人，却被命运玩弄于股掌之间。

无法甘心，却要装作甘心放手了。他深呼吸，顺手把易拉罐扔进垃圾箱里，上楼。神情平静得就像一切都不曾发生过那样，甚至，他的眼神依旧明亮，下一瞬脸上就能挤出一个完美无缺的笑容。

他准备拿出钥匙开门，门却开了。

帛然站在门外，颜祈和宁父宁延海站在门内。帛然打算进门，而颜祈正打算离开。两个人在这里不期而遇，神情都有些意外。

一时间气氛有些微妙。

“嗨。”帛然开口打招呼，又转向宁父，“爸，我回来了。”

“你们，之前认识？”宁父有些意外。

颜祈点头，“之前因为朋友的缘故，我们一起吃过饭。”

“这么巧！”宁父感慨道。

“那我这就告辞啦。打扰了。”颜祈微微一笑，鞠了一躬，又向帛然略略点头，然后便离开了。

帛然还是有些摸不着头脑——颜祈和爸爸，怎么感觉像是两个世界里的人突然有了交集？

“我打算让颜祈接管我公司里的事情。”宁父看出了他的迟疑，踱着步子走回客厅，点燃了一支雪茄，坐在沙发上慢慢说道。

帛然点点头，他对父亲的事情并不感兴趣，之前也分歧多多，此时听他这么说了，不欲多问，只是沉默着换了鞋准备向楼上自己的卧室走去。

“帛然，你过来，我们谈谈。”宁延海却开口道。

帛然无奈地应了一声，便走过去坐在沙发上。帛然不知道他要对自己说些什么，他的家庭，还是他的过往，自己都只是参与了可有可无的一部分。有的时候他甚至怀疑自己的存在，是否也是可有可无的。就像宁延海的公司近些年来名噪一时，而宁公子——却从未被列入宁氏企业的继承人名单。他自小由母亲单独抚养长大，因为宁延海回城时帛然的母亲正怀着帛然，第三胎，六个月。母亲之前因为身体不好已经有过两次流产，却依旧坚定地要为他生儿育女。

宁延海当时承诺不久以后就会接他们母子一起回城。然而，一去不回，失去联络。隔了十年的光阴，再相遇，已然与帛然的母亲隔了生死的距离。而宁延海重新组建了家庭，并于不久以后便又有了一个女儿。

帛然被带回S市后，接触到的是童年时期完全不同的世界，在贫穷环境下长大的他粗俗，不懂礼仪和没有教养，像是拙劣地被嫁接到了另一个人的生命里。他的成长伴随着被后母嘲笑、被同父异母的妹妹疏离，甚至连父亲宁延海都怀疑他不是自己的亲生儿子。

帛然不了解宁延海和母亲有着怎样的过往，有时也猜想，那一段感情，或者说，那一段婚姻，对于现在功成名就的宁延海来说，是耻辱吧。所以，带着那个阴影标签的自己，之所以会有现在富足的生活，并不是因为父亲的爱与愧疚，而是责任和舆论，或者更多的他不确定的东西。那个时候他甚至想要回到童年的自由和放肆中去，然而却总是忘不了童年的那种饥饿感带给他的痛苦和折磨。曾经在很长的一段时间里，为了生存和填饱肚子，他失去起码的尊严，受尽折磨和鄙夷。物质的贫瘠让他投降于现实，也就是从那时候开始，他学着做一个优雅得体的人，一个温柔而有绅士风度的人。

过了这么多年，他做到了，礼貌温和，儒雅有度，对每个人友好微笑。只是，有些事依旧改不了，比如，在父亲的心目中，他永远是异样的存在。

没什么，不要紧，这都是早已习惯的事。

一瞬间他突然明白了，也许所谓命运的安排，就是宁帛然此人，生而在世，就是不被需要的可悲存在吧。走到沙发前的时间，他潦草地回顾自己的小半生，突然明了了。然而这明了的时刻，却是如此的残酷。

之后的一个小时里，他一直心不在焉地听着宁延海的话。

大致的意思是，颜祈是他昔日好友的孩子，聪明好学，有经商头脑，宁延海已经打算对外宣称收他为养子，并让他继承自己的公司。自己年纪大了，心有余而力不足。

所以，这些事和他有什么关系吗？

他不太懂，只是含糊其辞地应了几句。他没有失望和难过，只是有点儿疲惫，有点儿想要逃离。

他只想世界安静一点儿，再安静一点儿。

就这样，让自己一个人被遗忘，也好。

5

城市大，每个角落都有不同的故事同时上演。

宋承欢回到家的时候，房子里一片漆黑。他皱眉，没来得及开灯就拿出电话打鸳凉的手机。她已经一周没有回家了，以前也总是这样——遇到难以面对的事，总是选择逃避，让情感向内生长，任时间慢慢平复伤口。他知道曾经是因为无法改变，而如今，他竟有些捉摸不透她的想法。

铃声却在屋子里响起来，有点儿空旷，不知是从哪间房传来的。黑暗中，他的神情微微诧异。

“喂?”她很快就接通了。

“怎么不开灯？我还以为你不在家。”他有些迟疑，最后还是轻声对着话筒说。

“那现在知道我在了，还在电话里说?”

两个人都笑了。

然后灯亮起来，鸳凉坐在厨房里，餐桌上摆着一桌精致的饭菜。她眉眼弯弯，笑容像孩子般纯净天真——是那样久违的不带阴霾的笑容。承欢突然觉得有一瞬被那笑容刺痛了。

“这些年一个人守着秘密，累吗?”他一直是知道的，却不是因为她演技拙劣，而是他也动了心。

鸳凉只是无声地摇头，眼里却慢慢地噙了泪。

“怎么哭了？傻丫头!”承欢慢慢走到她旁边，在她对面坐下。

“不知为什么，如今看到你，突然有种像是做梦的感觉。”

梦，这个字的分量，说出来的时候是这样的轻，然而，砸在心上，却又是那样的重。

“这几天去唯喜家住了几天，安静地想事情，过去的现在的以后的，结果都是混乱，可能有些事是想不出结果的。对了，我今天给导师打了电话，他说我应该回学校办一些手续。”然而沉默间隙，鸳凉却突然转移了话题。

“好，我送你。”

“不用，唯喜刚好也要回学校，我和她一起就可以了。”她还是习惯性地怕打扰到他的人生。

“唯喜……”承欢轻轻重复着这个名字，像是在琢磨着什么。然后在鸳凉探寻的目光下，他还是慢慢地重复着坚持道，“还是我送你吧，也好久没去你的学校了。看看你这些年生活学习的地方，也好。”他的脸上有些复杂的情绪，有些飘忽，难以捉摸。

鸳凉沉默地看着他近在咫尺的眉眼，暖色的灯光下他的面容像是被笼上了一层薄光。

……

你可以等一等我吗？

像曾经的那些年月里，我等待你那样耐心而执着的，等我回来爱你？

那个晚上异常安宁，他们吃着一桌丰盛的饭菜，说说笑笑。很多事似乎澄清了，就不再是禁忌了。她以为只有她记得的那些事，他居然也一直都记得。她不知该如何把握这一刻的温存静好——他的眉眼和他的微笑都离她这样的近，让她想自私地留住时间的流逝。

终究，十五年了。

从她遇见他的那一刻开始的十五年，那么悠长的守望之后，时间终究没有辜负她。

6

她不知道事情是怎么发生的，似乎是电光石火间的事。

承欢决定送鸳凉回学校的那个早晨，本是晴好的天气，却突然间飘起了小雨。走到小区门口的时候，鸳凉突然想起忘记带打印好的论文资料了，于是回去拿，而承欢就守着行李箱在原地等她。

拿好资料再下楼时，承欢却不见了，那里停着一辆警车。

鸳凉心里一阵慌张，走近了才看到承欢站在转角处和警察说着什么。直到她走过去，承欢才转过身来。他看出了她的担忧，然而却像是早有预料一般的平静。

他咧嘴一笑，轻声安慰她："突然有点儿事，今天可能不能送你去学校了。过几天去看你好吗？"

她看着他的笑容，却看出了些悲凉。她侧过头问旁边穿着制服的警察，"能告诉我发生了什么事吗？"

"宋承欢先生涉嫌挪用公司大额财产被起诉，需要跟我们回去协助调查。”回答她的是冰冷的语调。

鸳凉回头看着承欢——眼神带着震惊，更多的则是探寻。然而他的神情却平静似海，看不出一丝端倪。他没有解释，甚至没有否定警察的话，告诉她这只是个误会。他只是沉默，带着些歉意和遗憾回望过来。

鸳凉的眼神明显黯淡下去，她低着头，手里还攥着承欢的衣角，万般悲苦的情绪涌上心头，最后只是慢慢地挤出一个勉强的笑容，“好，你去吧，我在家等着你。”

宋承欢沉默片刻，最后还是跟警察走了。

他没有回应她的等候，没有应允她任何。

鸳凉看着承欢上了那辆警车，透过车窗玻璃看到他的侧脸，像是笼着一层灰色的云。过往的岁月中流走的时间，都随着警车行驶而去的轨迹一去不复返了。头顶的八月天空突然变得昏暗起来。她突然觉得，原来这些天的温柔，都是在为这一刻做铺垫。

似乎还有很多话没有说，却说什么都是徒劳了。

鸳凉撑着伞，雨点却依旧像是砸在了心里，凉凉的一片。

她想这一定是个天大的误会。

虽然她对承欢工作上的事一直一无所知，然而她深信，他是正直清明的人，虽然表面看起来冷漠得不近人情，然而只有她了解他，他的灵魂有多么纯净。

可是，如今她看着他消失于视线，却突然感到惊慌失措。

父亲离开以后，她曾发誓再也不要因为自己的懦弱和犹豫而错过生命中重要的东西，而如今，当她终于以为自己可以握住所谓真实的幸福，不再犹豫，不再彷徨，不再挣扎时，上天却让她再一次置身于这样孤立无援的处境。

鸳凉不知在雨中站了多久，思绪和时间一样像是停滞了。她听到自己的心跳声，以孤单的频率发出微弱的抗击声——世间是这样的云谲波诡，而她却是那么的微不足道。

后来是手机急促的铃声将她从混乱的思绪拉回现实。

是个陌生的号码。

“喂。”她接了，声音轻不可闻。

“鸳凉……”电话的那一边，是帛然的声音，带着迟疑和探寻。

鸳凉这才恍惚地想起，那一天之后，她删掉了他的手机号码。她在雨中握着手机，不知道该作何回答。

“鸳凉，也许你会觉得这个电话很突兀，但是请别挂断，我只想说几句话……我想认真地告诉你，我认命了，我放手了，不再打扰你的人生了，希望你勇敢地选择自己的生活。我会真心祝福你，真的，我想通了，打这个电话给你是为了说声抱歉，为过去自己的不懂事和不成熟……”电话的那一端，不知道帛然事先已经想过多少遍，此刻才会这般紧张忐忑地一股脑说出来。

“帛然，我……能见你一面吗？”而电话这边，鸳凉打断了他的话。

帛然似乎没有想到她会这么说，却很快察觉到鸳凉的声音有些不同于往常。

“好……你告诉我你在哪里，在家吗?”他知道她一定发生了什么事，也不问缘由，就匆忙回答。

“我去找你，你告诉我地址。”鸳凉却坚持道。

帛然沉默了一会儿，答：“我就在你家附近。”

鸳凉正在错愕之时，就看见帛然从马路对面走过来。他穿得很正式，烟灰色的衬衫，一丝不苟的领结，黑色的西裤，打着一把黑色的大伞，大方稳重，然而因为面容的柔和温暖，整个人依旧像是从日光中走近一般的明亮耀眼。

“我本来准备去你家找你道别的，后来怕你不想见我，就临时改了主意……”他有些尴尬地解释，刚好看见她有些发红的眼睛，不禁担忧起来。

“发生什么事了?”他那么高，于是只好微微弯下身子平视着她的眼睛，神色间写满了疼惜。

鸳凉突然觉得动容，她不知要怎样解释自己此刻的失魂落魄。只是在沉默中，生平第一次拥住了面前这个散发着温暖光亮的大男孩。

帛然微微诧异，僵硬地站在原地，许久，才轻轻地拍了拍她的后背，安慰她：“什么事给我说说，还有我在。”

又一次，她那么轻易地牵动了他的神经。

劫数啊!

是，不管发生了什么，都还有我。

可是，这个世界有的人是任何人都无可替代的。

帛然知道，遇见她，却让他心甘情愿地想要做那个人的替代品。

当鸳凉告诉他承欢的事情时，宁帛然亦觉得意外。

帛然没有预料到会是这样沉重的事。接踵而至的苦难和考验，一件件压至鸳凉身上，竟让他这个旁观的人都有了窒息感。

“那么，你知道你们公司里账目的事情吗?”鸳凉问。

“我们虽然在一个公司，但并不是一个部门，虽然会有业务上的接触，法律部主要是负责一些法律程序的审核。他做事一直很稳妥细致。”帛然摇头叹息，“前几天是听说承欢他们部门有过一次经济审查，但我不知道原来和他有关。”

“一定是误会，不可能是承欢。”鸳凉打断帛然。

“嗯，我也是相信他的。但是作为嫌疑人被拘捕，这件事已经不简单了。现在我们应该去看望承欢，和他谈谈，不管到底是谁，他都应该知道一些重要线索的。这样，我现在打电话叫唯喜过来陪你去公安局找承欢，然后我回公司了解些详细资料，看是哪里出的问题。”

“我自己去就可以了。”鸳凉犹自坚持。

“好，别太焦急，我会帮你解决这件事的。”帛然轻声应允。

鸳凉惨然一笑。

帛然不再承诺什么，准备这就离开，趁公司午休之前回去找到相关资料，却听到鸳凉的声音，带着平静的压抑感幽幽传来。她抬着头，眼神里有隐忍的悲痛，“帛然，你是学法律的，请你告诉我，如果罪名成立，那么——最坏的结果会是什么？”

帛然看着鸳凉，她的眼睛里有隐约的泪光，帛然的心，突然被那平静的隐忍神情刺痛了。

“鸳凉……原来你是爱着他的。”这么多年以后，他突然明白过来。

而她沉默着，一语不发。

这一瞬间，他明白了过去那些年里她眼中的痴狂和苍凉从何而来。漫长的光阴里，他之所以从未走进她的内心，是因为她的心早已给了别人。所以他从一开始就是失败的，他的等待，其实从一开始就毫无意义。

帛然突然懂了，心里五味杂陈，不知用怎样的心情去面对。

“不会有最坏的结果，既然你相信他的人格，你们就一定能一起好好生活下去。”许久，宁帛然终于微微一笑，他把那把黑色的大伞塞放进鸳凉的手里，转身走进了滂沱的大雨里。

哗啦哗啦——

那些寂寞的爱情、那些孤单的思念、那些年少的执迷，都被淹没在了这声势浩大的雨声里。他想，此时他的心只有麻木，那么久的光阴里，他早就败给了另一个人，只是他一无所知，还以为终有一日能够成为她心里的英雄。

终是错爱啊！

雨水落在他的眼睛里，他只看见一片雾气迷蒙的人间。他仿佛又回到了童年时代，破旧的福利院里，他小心翼翼地收集起彩色的玻璃珠子、裙子烂了一角的布娃娃，还有掉色了的红发带……献宝一般送给七岁的她。而她虽然落难，却依旧高傲如公主，只是看着他送她的那些宝贝，一言不发。

“谢谢哥哥，可是我不能要。”当时的她只是慢慢地抬起眼，神情淡泊地凝视着他。

他还记得那个时候她的神情，她有着和他一样的孤独，却有着他没有的骄傲。她的存在让他揪心和难过，直到很久以后。

而她早就忘了吧，那个当年和她同样落魄的帛然哥哥？隔了十几年的光景之后，所有的一切，早已物是人非。

7

“我不愿让你插手这件事。”他语气淡淡的，回避着她探询的目光。

鸳凉没有料到承欢见到她后会这样说，以这般淡漠的态度。虽然在事情发生的当时他的回应就有些不合常理——那种早已预料到有今天，因而平淡接受的态度。鸳凉此时回忆起之前那段时光，他眼神里偶然闪过的期待和失落，他那些欲语还休的微笑、叹息，以及那些带着惜别味道的话语。当时她只当是因为换了相处方式，他不习惯罢了，此时回想起来，终于懂了。

原来他选择那一段陪伴相守，却无时无刻不在向她告别。

只是为什么，在这件事上，他选择了沉默以对，守口如瓶？是原本就难脱干系，还是有不得已的苦衷？

他的神色此时却是那样的平静和疲倦。她心有苛责和不甘，但更多的是痛惜。

“我已经不是小孩子了，我应当知道事情的真相。我想这也许是个误会，或者说——是陷阱。但是我们要一起面对。哥，不要遇见事情就避开我，一个人承担……”鸳凉说着，眼里慢慢噙了泪水，“已经没有任何人能够帮我们了。这个世界，我也只剩你了。”

承欢望着她，却依然只是沉默。

“这件事不是我做的，但是也不止是误会那么简单。”很久以后，他摇了摇头，终于慢慢地道。

“我知道，我相信你。所以只要你在，你坚持你的立场，那么一切困境就都没关系，我会想办法的。”鸳凉频频点头，觉得心里好像轻松了一些。也许在她内心里，还是执着地相信着邪不压正的社会法则，她还是觉得这世间存在着绝对的公正。

“其实没什么……我只是想让这件事的伤害降到最低。”承欢叹息，他的目光游移至别处，既没有悲伤，也没有痛苦，只是遥远的空洞。

他此刻就坐在她对面，然而看起来却孤单得令人心碎。

“谁都不想造成伤害，可是又怎么能让你无辜牺牲？”鸳凉懂了他的意思，心如刀绞，却不知要怎样才能说服他，让他相信她，让他告诉她真相。

沉默。

“你去找顾唯喜吧。出问题的那笔公款是和颜祈他们公司合作的广告业务款，她和颜祈走得比较近，也许会知道一些事。”像是过了一个世纪那么久，承欢最终缓缓开口，带着犹疑，苦涩，还有些许不甘。

鸳凉听到那个名字时整个人都僵住了。她的背脊紧绷着，努力维持着先前的不动声色，大脑却转动得异常艰难。

颜祈。那么唯喜，或许还有吟溪……她明白了承欢的挣扎和犹豫，甚至冥冥中猜到了承欢的那句话意味着什么。可是她不敢相信，也不敢深入探究。

这一刻，她害怕面对真相。

也许她一直自诩淡漠看透，其实却最天真的那个——一直活在承欢的庇护下的她，哪里懂得世事的难料和人心的叵测？而如今，上天把从前给予她的恩宠都收回了，让她在短暂的岁月里习惯离别，经历背叛，体会失去，用一切不动声色的残忍手法告诉她，这才是人间原本的面目。

离开公安局的路上，下着雨，她忘记了放在门口的伞，心情沉入谷底，漫无目的地在大雨中穿行，衣服和头发被雨水打湿，黏腻而冰冷。

让这雨彻底地冲刷这肮脏的世界吧，让所有情感和过往都归向毁灭吧，她的心里满是茫然的绝望。

然而，理智仍旧支撑着她到了唯喜家。这个她一度觉得像是迷宫般的小区，终于被她牢牢记住，以为可以不再迷失。然而此时她却自嘲地想，自己的人生，不也是一座找不到出路的迷宫吗？

没有人在家，她就坐在楼梯口等。

往事一幕幕，种种甜蜜和悲伤，温柔与彷徨都本是极美的，而此时都似蒙了一层阴影般看不真切。鸳凉觉得她已经无法分辨生命中的虚虚实实了。

唯喜回来时看到鸳凉那副失魂落魄的样子吓了一跳，她本以为鸳凉这个时候应该已经回到学校了，而此时以这般神情出现在这里，确实过于反常了。

“快去换件衣服，这么大的雨也不知道打把伞，真不让人省心……”唯喜走近，把鸳凉从地上拉起来，这才惊觉她的皮肤竟有些烫手——应该是发烧了。

她突然恼火起来——遇到天大的事情也不能这样作践自己的身体啊！

“你进去坐着，我去楼下给你买点儿退烧药。”唯喜拿出钥匙开了门，闷闷地吩咐了一句，欲转身离开，却被鸳凉一把拉住了。

“不用了，我只是想和你说几句话。”

“什么话能比身体更重要？你先进去换衣服，等我回来再说。”唯喜也是刚烈的性子，针锋相对起来。

“我哥因为涉嫌挪用公司大额财产被起诉，已经被拘留了。”鸳凉打断唯喜，道。

唯喜也愣住了——“什么？”

“我以为你会知道点儿什么的。”唯喜的反应有些出乎她意料，但她还是面容冷淡，等待着她的解释。

“我……”唯喜一时无言，沉默了一会儿，才解释道，“我……是知道这件事……但，我以为都过去了的。”她一边说一边缓缓地摇头，像是极力否认这一切的发生。

“你知道？你都知道些什么？出事的人是承欢，是我哥！你为什么不告诉我？为什么一直以来只有我一个人像是傻子一样被蒙在鼓里？”鸳凉笑起来，有些疯狂的意味。她的头发被淋湿了，乱蓬蓬地散在额头上，因为发烧，她的脸色泛着些许病态的红，而她的眼神是涣散的，充满着无力和失望。

唯喜第一次看见这样情绪近乎失控，与自己句句针锋相对的鸳凉，一时间自责和心痛涌上心头，不知从何说起。“我只是听颜祈说……承欢在公司财务做了手脚，但是他会帮他……”

“什么时候的事？”鸳凉突然有一种被欺骗的感觉，“这么重要的事为什么不告诉我？你以为他会轻易解决吗？”

“那阵子你整天待在我家里，一副失魂落魄的样子，我怎么能告诉你？”唯喜苦笑，“况且，我们都以为可以让事情过去的。”

“那……你们都做了些什么？”鸳凉颓然。

唯喜似乎没有料到她会这么问，一时错愕。

“你记得那天我拿了你家的钥匙，带回来了一个箱子吗？”唯喜稍作停顿，像是在回忆，更多的是犹疑，“那次，我还带走了承欢公司的一些文件副本。”

“之后你把它们给了颜祈？”

“嗯，颜祈当时也在。”

“唯喜，你有多了解颜祈？”鸳凉凝视唯喜，幽幽地道。

唯喜像是被这道探寻的目光惊住了，突然觉得背脊发冷。

是啊——顾唯喜，从相识以来，你对颜祈的了解有多少？你了解他有着怎样的过去吗？你了解他心里到底在想什么吗？或者，你了解他的悲伤，他的欢乐，他的善恶吗？

而你却在一无所知的情况下，就选择了这般相信他。

鸳凉不再说什么了，她拨通了宁帛然的电话，“帛然，我在唯喜家。你现在有时间吗？能过来一趟吗？”又对唯喜道，“你能联系到颜祈吗？我本不该怀疑他的。只是事情太蹊跷，我们也许应该当面说清楚的。”

“帛然……他怎么解释这件事？”唯喜反问。

“他之前不知道，是我找他帮忙的。”鸳凉又对着电话简单说了几句，就挂了电话，“他现在就过来。”

“颜祈对我说过，这件事帛然也是脱不开关系的。”此时唯喜心乱如麻，翻出手机去拨颜祈的电话，然而电话那头却始终只有一个甜美的女声提醒着她，您所拨打的用户已关机。

“我现在联系不到他！”唯喜烦躁地摇了摇头。

鸳凉也不再说什么，这件事不能怪唯喜。她想，在真相被揭穿之前，是没有资格苛责任何人的。然而她却无法控制自己心里蔓延开来的失落感，没有言语，没有交流，每一秒的流逝都像是一种煎熬。

两个人一直这般静静地相对而坐，一直等到门铃响了。鸳凉去开门，而唯喜依旧缄默着，她看起来有些心神不宁。帛然进了房间，脸色亦是少有的凝重，似乎因为近两天缺乏休息，眼眶边泛着些青黑色。

“唯喜也知道了？”帛然坐下来，虽是这样问着，那语气却全然不似探寻。

“我去问过我哥，他只告诉我事情不是他做的，他也没说什么具体的事，只说跟颜祈公司的广告业务款有关，让我来找唯喜。”鸳凉叹息，“你呢，得到什么有用的信息了吗？”

帛然皱眉，“广告业务款？前段时间我们的广告部总监请了三个月的产假，那段时间你哥被调过去负责广告部总监的工作，确实跟颜祈公司有广告业务往来。”

鸳凉的眼神渐渐暗了下去——似乎所有的线索汇集在一起，得出的结论却是没有结果。

“对了，你哥为什么让你问唯喜？这事和她有什么关系吗？”

鸳凉沉默了数秒，她转身看着一言不发的唯喜。

“唯喜，我希望你能帮我问问颜祈。如果你觉得不方便，那么我会亲自去问。不管结果是什么，我都想知道真相。”鸳凉的语气透着一种疏离的悲凉。

“帛然，我们走吧。”她披上衣服先出去了。

帛然也觉察到了她们之间的紧张氛围，歉然一笑，便离开了。

“帛然，对不起。”走到门口时突然听到背后的唯喜没头没脑地冒出这样一句话来，他有些意外，怀疑是自己的幻听，回过头去却真实地撞见唯喜的目光，带着悲凉的歉意，她窝在角落里，整个人有种破败的残艳感。

“对不起，我不该怀疑你的。”低声地呢喃，像是在解释着什么，又或者不是——只是在试图说服自己罢了。

帛然懂了，他的眼里浮起一丝苦笑，最终只是摇了摇头，走了。

8

鸳凉等在楼下，有些百无聊赖地看着傍晚灰蒙蒙的天空，她觉得心里一片茫然。

“一起去吃晚饭吧。”帛然站在他身后，“如果你有话想说，我是乐意听的。”

鸳凉莞尔一笑，虽然无精打采，可毕竟是笑了。

走出唯喜家的小区，夜色已经完全沉寂了下来，两个人搭了辆的士朝着繁华的街区行驶。华灯初上，鸳凉看着窗外的景色，突然开口道，“其实，我犹豫了……当承欢说出唯喜的名字时，我真的不知道该如何面对。虽然我明白她善良的初衷，但是有些错误却是无法原谅和弥补的。我很怕我们之间会因为这件事而造成最终的疏远。而，另一方面，我又无法面对承欢。似乎所有的事都是因我而起，而我却一无所知……诸如此刻，我不知该如何面对，如何取舍，如何过渡生命中的非难。我是肇事者，却什么也做不了……对不起，我知道我不该这样，但……这种感觉……让我近乎崩溃。”一向冷静的鸳凉，此时泪水不受控制地落下来。她已经压抑了太久，她已经负担太重。

“何必把所有罪责都往自己身上揽。”帛然叹息，拿出纸巾帮她擦去眼泪，他有些心疼地凝视着她哭红的眼睛，心里一阵酸楚。

“鸳凉，我知道最近的事情是太多了，但我相信这一切都会过去的。我之前只是怕承欢认罪，但他既然确切说明了不是他做的，若是证据不足，那么公安局那边也没有理由继续扣押人的。最重要的是我们不能够倒下，我相信你是不会被这些打倒的。”

“可若是有人蓄意陷害呢？如果这一切从一开始就是个圈套，那么又要如何证明他的清白呢？”

“你是说——颜祈？”

“我一直觉得，他的出现太蹊跷了。我不知道当初他和我哥之间发生了些什么才有了后来的不欢而散，然而，他的重新出现未免太过巧合。我不确定一笑泯恩仇的情节里有多少真实性。之前碍于唯喜和他的这层关系，我不敢说什么，虽然总是在冥冥中觉得，事情不该是这样的。他对于我们来说，会是不安全的因素。可是我那莫名其妙的预感又算得上什么呢？我哥和吟溪姐也没有说什么……”鸳凉突然停住了，她此时才想起另一个被遗忘了的重要的人——沈吟溪。

也许，这件事也和她有关吧。

不，不是也许，是一定。

鸳凉突然觉得心底又重新升起了某种希望——也许可

以通过一种不伤害到唯喜的方式便能得到真相，来使承欢获救。只要知道在那遥远的被封存的过往里，到底发生了怎样的事。而承欢，又是因为怎样的缘故选择了结束与吟溪长达十几年的恋情。

对于承欢那样的人，提出分手的可能性只有一种，那就是，为了保护……

鸳凉已经不能顾及承欢的初衷了，事已至此，她只能循着思绪去寻找一切能够救他的方法。“吟溪姐一定知道什么，她会帮我的……”

“帛然，你能帮我去找找关于那笔账的资料吗？最好能够有什么详细的文件副本……”她突然转移了话题。

帛然突然没回过神来，回眸却看见她的眼神中写满的倔犟，点了点头算是回应。

幽梦引。

一家古风主题的传统中式餐厅，古朴幽雅的环境，古琴声悦耳悠扬，宛如天籁，服务员都穿优雅的汉服。从灯红酒绿的繁华街区走进这里，像一脚踏入了人间仙境。三年前，鸳凉和帛然曾来过这里。三年后，没有任何的约定，却出于巧合，两人又站在了这家店门口，心头都有些感慨。彼时两人都刚告别中学时代，尚未褪去青涩，都有着不知人间疾苦的温暖面容。而如今——乍看上去，相似的场景背后，却藏了太多属于岁月的创伤。

“就这里吧。”帛然提议。

“好啊。”鸳凉微微一笑。

推开巨大的玻璃门，大堂内的莲花池内摆着一尊青铜貔貅，冷色的雾气氤氲开来，有一种沉浮于世的漂泊感。掀开右边的纱帐，从曲折的回廊往里走，一直走到尽头，柳暗花明，呈现出宾客大厅。然而，在大厅的入口处，鸳凉却突然停住了脚步。

天涯何处不相逢，当真如此！

竟会在此遇见颜祈。

鸳凉没有注意到帛然微妙而复杂的神情，只是率先向颜祈那边走去。颜祈那桌坐着三个人，颜祈和沈吟溪，还有一个陌生的男子，五六十岁的样子，虽然穿着一套休闲服，举手投足间依旧给人气度不凡的感觉。鸳凉有一瞬间的迟疑，但还是走了过去。

“好巧，会在这里遇见吟溪姐和颜先生。”

颜祈和沈吟溪的神情都有微微的错愕，吟溪错愕中还带着些许的尴尬，颜祈只是轻轻地皱了皱眉，很快便恢复了一贯的优雅平静。而他们对面那位陌生中年男人的目光却落在了鸳凉身后的帛然身上。

“爸，你也在。”帛然闷闷地开口。

这个人是帛然的父亲？鸳凉一时没反应过来——她之前从没有见过帛然的家人，亦不曾听帛然提起过。她略微尴尬地向宁延海打招呼，“叔叔您好，我是帛然的朋友，您可以叫我鸳凉。”

“我知道你，宋承欢的妹妹。”那个男子和宋祺明一般年纪，气质却迥然不似宋祺明的温文尔雅，多的是精英商人的圆滑。帛然和他，不像。

鸳凉却在想他怎么会知道承欢的事，一时怔怔的，忘记了本来的目的。

“今天真巧啊，会碰到鸳凉和帛然，过来一起坐吧，我们也是刚到一会儿。吃点儿什么?”颜祈坦然一笑，邀请他们。

鸳凉虽知只是礼貌的邀请，却也不拒绝，只是沉默着拉开竹椅在吟溪对面坐下了。

“好久不见，吟溪姐。”鸳凉带着笑意看着沈吟溪，刚才那种复杂的濒于崩溃的情绪又回来了，于是虽然是笑着的，她的眼神里却有种带刺的尖锐。

眼前这个鸳凉，是吟溪觉得陌生的——从前她一直知道鸳凉是排斥着自己的，但是鸳凉从来不用任何手段去发泄或者是争取。吟溪印象里的迟鸳凉，一直是隐忍的脆弱的，却佯装坚强的。而如今，那些往日向内生长的伤口都露出了它们狰狞的疤痕，尽管有着绮丽的纹路，但是依旧带着危险的气息。

吟溪淡淡一笑，算是回应了。她叫服务生加一把椅子让帛然也坐下，整个过程优雅镇定，没有一丝诚惶诚恐。

“算了，你们年轻人聊。我还有别的事，先走一步了。”

宁延海微微一笑，又问道，“帛然，你是和我一起回家，还是晚点儿和颜祈一起回来？”

帛然看着他，像是在想他句子里的深意，终于只是淡淡答道，“我晚点儿回。”

宁延海看着他，轻轻一笑，告辞。

9

“我原本也不愿打扰二位的庆功宴，但也怪了，天下真有这样的巧合。”鸳凉微微一笑，看着身侧的颜祈，幽幽地道，“我先前不知道颜先生喜欢演无名英雄的角色，现在知道了，真是敬佩得很。替我哥谢过您的好意。不过您私自盗窃我哥的文件资料，这方法真不怎么光明磊落。”

颜祈眉间微微皱起，优雅地笑着回应她：“鸳凉这话我怎么听不太懂，最近谍战片看多了？盗窃什么资料？”

“颜祈，我不想陪你演戏！我猜，这一切都应该在你的预谋之内吧？包括我、唯喜、吟溪姐……我们不都是你的棋子吗？为了看到今天这个局面，为了报复我哥，你应该精心筹划了很久吧？”鸳凉的唇间一直有笑意，但是眼神却是冰冷的，说出的话却比她的眼神还要尖锐刻薄。

一旁的帛然静静看着，心里也是一惊。这是一个他从未见过的迟鸳凉——愤怒、失望、仇恨……种种压抑的情绪汇聚在一起后，形成一层刻薄的保护壳，伤人，亦伤己。

“鸳凉，我想你误会了。”沈吟溪好脾气地解释，“我和颜祈不过是昔日的友人罢了，这和承欢没什么关系……”

“够了。”颜祈却不再退让，冷冷地打断了吟溪的话，“迟鸳凉，我不知道你在说什么，自己心情不好发神经也没必要牵扯上我和吟溪。而且，吟溪已经不是承欢的未婚妻了，说话前请三思。念在你是承欢妹妹的分上，我当你刚才的话没说过，也请不要再莫名地纠缠下去了。”

鸳凉突然笑起来，眼中都笑出了泪——仿佛觉得世上再也没有比这更可笑的事了。大厅内的其他人都莫名地看着这个容貌清丽的女孩近乎歇斯底里地狂笑。

“沈吟溪，我只问你，你不觉得良心有愧吗？我哥过去怎么对待你，你心里比谁都清楚，现在他被告上法庭，说不定再被判个十年监禁什么的，这样的结局你很开心？不会觉得丝毫的不安吗？”

“什么？”沈吟溪亦是如梦初醒的神情，“你说，承欢被……”

鸳凉没有回答吟溪，她说完了刚才那句话便彻底缄默了，像是透支了所有的精神和体力，像是枯槁的灯要渐渐熄灭了——被黑暗的情绪所吞没，不留一丝光亮。

“颜祈，你能告诉我这一切是怎么回事吗？你不是承诺过只要我放弃承欢选择你，你就不会那么做吗？”吟溪看着颜祈，心下茫然。

“宋承欢的事，和我无关。”颜祈的面色冷清深幽，如同三千英尺下的大海，看不出任何的波澜，亦有着难辨真伪的模糊气息。他看起来没有悲也没有喜，像是个圣人一般平和。

而鸳凉知道，他在说谎。

就如同过去的岁月里那般，他其实没有任何改变。

有时，人心在阴暗无常的方面，真是固执得让人觉得可怕。

“颜祈，你赢了。”鸳凉看着对方永远宠辱不惊的平静面容，笑着叹息，“我们和你比都太天真了，我一直以为，误会和阴霾不会长久的，会随时间消失的。原来都是我们的一相情愿。

“吟溪，我不知道你是怎么想的……我承认在过去的那么多年里，我多么希望你消失！但那个时候，我清楚那是因为我嫉妒，你拥有世界上最好的一切——容貌、家境、爱情。我曾经发疯地羡慕你，甚至希望自己成为你。但是现在的你，让我觉得可悲。”鸳凉轻蔑地笑着，淡淡地说。

然后，她回眸看着帛然，神情带着些遗憾，声音里都是疲惫，“我们走吧。”

漆黑的天幕下，星辰的微弱光线快要被云朵遮尽了。鸳凉就坐在夏日夜晚的街道边，她像是累极了，再也没有力气行走半步。而帛然借着暖色的路灯光看着她——她的眼睛里像是有湿漉漉的雾气在无声的沉浮，睫毛在眼睑处映下一圈淡淡的阴翳，黑色的长发被风吹乱了，一些长发覆盖在前额上和脸庞边，那件纯白色的衬衫已经有了些褶皱，整个人现出一种深深的悲怆感。

“其实，我从看到颜祈和沈吟溪在一起的那一瞬间，就知道我们输了。棋逢对手并不是可怕的事，可怕的是暗度陈仓。我对颜祈那样针锋相对只是因为我怕吟溪姐是站在他那边的……没有人能够帮我们，帛然。这是早已布好的陷阱，承欢已经跳下去了，已经中了他们的埋伏，我们还在不知天高地厚地抱着我们的希望寻找尸体！找到了又有什么用呢？瞻仰那具千疮百孔的尸体然后让敌人欣赏我们失败的耻辱和眼泪吗？呵呵……”鸳凉轻声地呢喃着，她像是自说自话，又像是垂死挣扎。而她身侧的帛然，只能静默地看着她。她太聪明，太敏感，所以，她注定痛苦。

她的眼泪和失望，她的自嘲和刻薄，都变成锋利的刺刀，刀刀不致命，却刀刀剜向心内，鲜血淋漓。

为什么每一次，她经受着伤痛和失去的时候。他都只能在旁边凝视，却无法替她承担或改变一丝一毫？那么多年以来，他以爱她之名伴她左右，却又爱得这般渺小，连守护她最重要的东西，都做不到。

帛然突然对自己的存在产生一种前所未有的质疑。

那些他承诺过的事，他想要付出的爱，他无数次以虔诚的心情许下的心愿——是时候兑换成现实了。

“鸳凉，鸳凉你听我说。”他温柔地叹息了一声，然后握紧女孩垂落在风里的冰冷手掌，“你不要失望，事情尚未有定论。这些都还只是来自你的猜想……如果真的是作假文件，就一定会留下蛛丝马迹。你要记得，宁帛然答应过你的事就一定会做到。你会和承欢一直在一起，你们不会分开!”

鸳凉看着他，眼神有些茫然，像是不懂他在说什么。

“走吧，我送你回家。你哥哥的事都交给我就好，你要做的就是——在家等他。”

鸳凉缄默着，她没有回应他的话，却也没有反对。她像是个断了线的人偶娃娃，在风里轻轻地摇曳。她此时已被悲伤麻木了心绪——她没有明白帛然那句话其中的深意。

她不明白，站在眼前这个和煦温暖的男孩，要用怎样深重的代价来兑现今日这个看似不可能实现的诺言。他一心牵挂着她的幸福，却忘记了自己即将站在冷风里，面对孤单和无所适从。

那天晚上，她记得他把她送回了家，倒了杯热水递给意识濒于崩溃的她，然后轻声关上了房间里的灯，合上了门，转身离开。她记得他身上的味道，特别的干净暖和，像是夏日午后的阳光。

而她觉得自己像是在阳光里睡着了。

后来的鸳凉想起宁帛然的时候，总会想起夏日阳光的味道……在一大片空地上，背后是校园里大片大片的青绿色琼花，阳光明晃晃地打在远处的建筑物上，世界变成从未有过的清静明朗。帛然的笑容像是阳光一般暖和，然后他走向她。慢慢的，夜幕降临，星辰闪烁，天空变成深沉到令人窒息的夜色。他的眼神始终坚定而温暖，然而那双墨钻般的美丽眸子深处却有一种她看不懂的悲凉。

漫长的生命里，你总会遇见这样一个人——

他的存在，稀释了黑暗，淡薄了悲凉。而他的影子却也在那温暖里，渐渐模糊。

10

幽梦引。

“我不懂。”鸳凉和帛然走后，两人沉默良久。终于，在古筝声里，吟溪幽幽地开口。

颜祈放下手中的瓷杯，应声抬头看着沈吟溪，“不懂？”

“你就那么恨承欢吗？恨不得……他去死？”吟溪眼里噙了泪。

颜祈看着他，神情有点儿迷茫。

“你觉得是我？好吧，既然你都这么觉得了，那就一定是了。”良久，他惨然一笑，幽幽开口，“听我说，世上没有无因的果。你做过的每件事，也许在当时看来全然没有意义，却为之后的路埋下了伏笔，只是当时的你一无所知罢了。”颜祈的手指轻轻蜷起，慢慢开口。

他给吟溪讲了一个故事。一个吟溪自己参与其中的，无比熟悉的，却又无比陌生的故事。

那一年，青春尚好，暖阳灿烂。

承欢和颜祈坐前后桌，初入高中，生活单调而乏味，那些日子似乎除了学习便只有学习。课间的时候开些无关痛痒的玩笑，时间有种漫长而浪荡的意味。而一向沉默冷淡的承欢却意外地和颜祈很谈得来，成了朋友。

一次，轮到颜祈和承欢值日，男生总是要承担些提水搬桌子之类的重活。两人一起去水房提了满满两桶水回教室，正巧在校园里遇见准备放学回家的鸳凉。颜祈有些惊奇于承欢对鸳凉的温柔脾气，便开玩笑说承欢有恋妹癖。

承欢一急，连忙争辩，却似有了越抹越黑的嫌疑。

颜祈却也不依不饶地拿一向正经的承欢开涮，笑着调侃道：“一定是这样的，不然你紧张什么？”

承欢只好争辩说自己有喜欢的人了。

颜祈却也好奇，一定要问个究竟，最后承欢敌不过颜祈，也就说了：“我喜欢你同桌，沈吟溪。”

说来也巧，说这话时，沈吟溪恰好低着头从回廊的拐角处向他们走来。承欢心下一惊，差点儿与她撞个满怀。他和吟溪原本是极熟悉了，自相识到那时也已经有几年了，虽是平日里是极熟络的，但却就是因为熟络，此时才更显尴尬。

那么近的距离，她一定是听见了他的话，于是也有些尴尬地略微一笑，匆匆离开。

而承欢却不知道该如何解释这一切——他并非真的喜欢沈吟溪，只是一个避开颜祈玩笑的借口罢了。然而，谁都不会这么想。承欢长久的失神，亦不曾注意到颜祈在他说出那句话后，眼底掠过的一瞬失落。

故事的序幕就在那时无声无息地揭开了。

那是一个人生命里最好的三年，也是在当时看来最难熬的三年。

对于少年颜祈来说，他无时无刻不在面对着自己内心刻骨的矛盾——年少时爱一个人的赴汤蹈火的直率心情，以及，和自己最好的兄弟爱上同一人的自责。而他要放弃和抑制自己的感情，仅仅因为，承欢比他更早地说出了那句，喜欢。

他第一次见到吟溪后才知道心动的感觉，他因她的每一个微笑每一次呼吸而深深沉迷。然而，太晚了，他比承欢晚遇见她。

所以他只好装作不动声色，装作漫不经心，装作蓝颜知己，装作真心祝福。然而依旧会在很多次午夜梦回的时刻梦见吟溪——她在他旁边读书写字时认真的神态；她在课间睡觉时睫毛柔软，唇角带笑；她总是考很好的成绩被老师表扬；她笑起来右边脸颊有浅浅的酒窝；有时他不经意碰到她的手臂时，她微微惊惶的表情；她好脾气地给他讲那些难懂的数学题目时专注的样子；她写得一手漂亮的字，喜欢在书的扉页抄些温柔的诗句……

那是他一个人藏起来的秘密，这些记忆有多真，伤害就有多深。

无数次，告诉自己要忘记，告诉自己要放弃——却依旧在转角处再次相遇，冥冥之中像是一种注定。只是轮回千百次，他依旧处于错过的场景。她对他说过，她一直就喜欢着承欢，希望以后和他上同一所大学。那时他心头五味杂陈，他一直就站在离她最近的地方，看着她因承欢的一举一动而悲喜，却也只能淡淡地旁观着，心力交瘁，却也无可奈何。

整整三年，爱让人成长，不爱让人坚强。

……

要怎样克制自己对她的想念呢？那些如雨后藤蔓般在心中疯长起来的疼痛心情。太多次了，他坐在冬天的雪地里感觉自己心里的热情被寸寸冻结，他站在深夜的楼顶被寂寞无声吞噬，甚至，他为了惩罚自己在手腕间留下道道血痕，每一道，都是他对自己感情残忍的惩罚。很快，高考来临。他决意离开这座城市，越远越好，他期待从这场噩梦里解脱出来，重新开始新的生活。终于，天遂人愿。

高考结束，颜祈发挥得很好。他明白自己终于可以和画地为牢的青春时光不告而别了。然而，却在高考后不久的某一天，他接到了吟溪的电话，她说，她想告诉承欢，自己喜欢他的心意。

他觉得自己终于放下了，就笑着说，承欢那小子一定开心疯了，你们这些年也真是太过波折了。

吟溪不知道的是，颜祈挂了那个电话就哭了。十八岁的大男孩，从未哭得那么伤心。他知道那些眼泪都是对过往一千多个日子的刻骨纪念，为自己曾经的委屈，为那些隐忍的岁月……

等大学通知书的日子里，他们像往常一样，打篮球，一起看球赛喝啤酒，有一日，他见承欢神色有些不自然。他告诉颜祈，他并没有答应吟溪和她在一起，因为当时他说的那句喜欢，只是一句搪塞的借口。

第一次，颜祈打了承欢。

借口，多么云淡风轻的词语，却辜负了他三年的好时光。为了一个荒谬的借口，他承受了多少蚀心的痛苦和不甘。如果一开始就是借口，那么这些年他所做的一切又是为了什么？

他不能原谅。

当他近乎歇斯底里地将这些年的事吐露而出时，承欢沉默了。

承欢突然明白了，自己并不仅仅伤害了一个天真善良的女孩，更伤害了另一个舍得为自己割舍至爱的朋友，他明白那些因自己疏忽引起的巨大失望。

当一切尘埃落定，他们面对离散的未来时，一切都显得那么荒谬。

“宋承欢，我只是希望你不要辜负吟溪。”当颜祈再一次平静下来时，他明白了，自己失去的，已经彻底失去了，心里只余空空的悲凉。本是一个无关痛痒的玩笑，却造成了这样的错过。

“如果有一天我回来，我一定会取回属于我的东西。”他淡淡地说着，语气却那么认真，像是用整个未来下着一个赌注。

那以后……他们依旧见面，打球，像是什么也没发生过那样。只是颜祈心里明白，自己心里的痛苦和矛盾并没有减弱丝毫。那个暑假，母亲的去世让他觉得讽刺——也许承欢的出现就是为了夺去他生命里所有他珍视的东西，他把所有痛苦都归绺于承欢，然后离开，从那以后就再也没有出现过。

承欢也背负着一些沉重的记忆，他决意为自己曾经的错误而承担起责任。而责任，往往是与本意背道而驰的。十八岁的承欢还未真正明白什么是真正的喜欢。他想，也许努力对一个人好，陪伴到终老，无愧于心，这也就够了吧。

大学后，他和吟溪几经辗转，最终在一起。

“吟溪，他不是真的爱你。而这一切，对你太过不公平。”末了，颜祈幽幽地道。

吟溪静默——原来在那些尘封的年华里，埋了这么多的旧日情愁。太久了，她是一无所知的那个人。被欺骗，被保护，被爱着，被争取，然后，被放弃。

“这些你所谓的秘密，如果能够永远都是秘密就好了。”很久很久后，吟溪轻轻开口，她的眸子里始终有一种平静的高贵。她知道颜祈母亲的事，承欢过去告诉过她，而颜祈此时却没有说。

那些误会和仇恨到底有着怎样的分量，又曾怎样撕扯着他的内心，才导致今日的境况？吟溪内心一片茫然。

“我曾经求承欢向你道歉，我奢望能够平复你内心的仇恨。但是，遗憾的是他拒绝了。所以我答应你，和你在一起，只求你放过他。”

“你是在怜悯我？”颜祈冷笑着凝视她，黑色的眸子亮如钻石，却有着危险的气息。

“是，我怜悯你，我怜悯你活在过去的阴影里，过着现在这样的生活。”

“吟溪，你不懂。”

——只要他在，我的一生就只能活在阴影里。

即使这样，我还是没想置他于死地。我只是想要争取属于我的你，而不小心落入了另一个陷阱里。

那又是上一代的恩仇了。

第五场　渡寂

我想和你一起生活/在某个小镇/共享无尽的黄昏/和绵绵不绝的钟声/在这个小镇的旅店里/古老时钟敲出的/微弱响声/像时间轻轻滴落/有时候，在黄昏，自顶楼某个房间传来/笛声/吹笛者倚着窗户/而窗口大朵郁金香/此刻你若不爱我，我也不会在意……

——玛丽娜·茨维塔耶娃

1

沉如墨色的夜，万籁俱寂。

帛然回到家的时候，宁延海正一个人坐在沙发上看财经新闻。帛然打了招呼就准备上楼休息，却被宁延海叫住。

"帛然，你过来。"他说。

帛然微微茫然，甚至有些手足无措，终于还是走了过去。在帛然的记忆里，父亲很少这样单独叫他，和他聊天，除非有重要的事。

帛然走到另一个沙发旁，停住，却没有坐下来的意思。

"坐。"宁延海又说，他们之间疏离得像是两个陌生人。

帛然坐下，依旧一言不发。

宁延海拿起遥控器关了电视，凝视着帛然，正色道："以后不要和迟鸳凉有任何来往。"

帛然没吱声，只是沉默地看着他，眼神本是沉静的，却慢慢含了笑，"为什么？"半晌，他才慢慢地问道。

"我不喜欢那个女孩子，没有起码的教养。"

"你这样说别人也对她失去了起码的尊重。"帛然笑答。

宁延海微微愕然，但还是很快平静了下来，皱眉凝视着帛然，"你拒绝？"

"是，我拒绝，从来到这个所谓的'家'开始，我从未拒绝过什么，也没有资格拒绝，因为我拥有的一切都是你给我的恩赐。但是这一次，我拒绝。"帛然的眼神平静，却带着从未有过的坚定不移。

宁延海叹息道："看来你是真的喜欢那个丫头。"

"是，我喜欢她，即使她喜欢的人不是我，我依然想帮助她。她哥哥出了事，我是心甘情愿去帮自己喜欢的人，这有错吗？"帛然坦率地笑着回答。

宁延海沉默了一会儿，最终还是坚持道："即使她哥哥出事了，那也和你无关。"

两个人僵持了一阵子，帛然突然恍然大悟，"那是因为——和你，有关？"

宁延海没有回答，他在昏暗的灯光里垂着眸。

"帛然，你是不是一直觉得，我对你不够好？"良久，宁延海突然这样问道。

帛然却不答，只是坚持问道："这件事，是否和你有关？"

宁延海抬起头看着帛然——他的亲生儿子，目光渐渐变冷，"是。"终于，他说。

帛然望着他，目光里有不敢置信。虽然他坚持那样问父亲，但是在他心里，是不相信这件事和父亲有关的，或者说，即使是，他认为父亲也未必会这样轻易承认的。

然而，现实却是，宁延海承认了，以如此淡定的口吻。

一时间帛然竟有些束手无策。

"帛然，我想我们该好好谈谈。"宁延海道。

"我们，没什么可谈的。"帛然失望地一笑，转身离去。

宁延海坐在黑暗里，叹息。

这一刻，转身离去的帛然突然从那声叹息里感觉到父亲的苍老。

也许，他一直是关心自己的吧，从未不在乎过自己吧？就如同十多年前，他不曾忘记他和母亲，穿越千山万水回来找回他们，想要给他和母亲一份好的生活；就如同十年前母亲的坟前，这个坚强的男人哭得像个孩子，承诺会好好对待自己；在继母和妹妹嘲笑他时，他偶尔的沉默和叹息；就如同此时，他矍铄的目光突然变得苍老而涣散，整个人是那么的无助和孤独……所以，这个家是有着自己的位置的吧?!

只是自己奢望的太多了……只是自己没有懂，人的成熟，本就是与寂寞疏离相伴的。

可是又有什么其他的选择呢?

世间男子当如是，先爱他人，然后自爱。一路有着怎样的委屈，也只能独自对着月色和着薄酒饮下，装作什么都不曾发生。

鸳凉，她是他的劫，也是他的债。

从他懂事起就活在自己的记忆里，纵使换了光阴换了空间换了布景，不变的是最初那份关于守护的执着心情。所以——当她无助地寻求自己的帮助，像是溺水的人看到了最后的一根稻草，那样的依赖，那样的期盼着。

又怎么忍心她失望呢?

他知道她的爱与自己无关，而他的爱，不也和她无关吗?只愿独自坚持就好了，只要看到她就想要会心微笑就好了，只要一直坚持着自己的守护就好了。

帛然对着虚空，唇角上扬，绽放出一个温暖无瑕的笑容，就如同那么多年里，他对着鸳凉那样，笑得无伤恣肆，无关寂寞。

那天夜里，帛然一直站在二楼的窗口木然地看着窗外。小区里暖色的路灯光，无人走过的柏油路，婆娑树影在风里轻轻摇曳。他的神情，是少有的沉寂，沉寂到泯灭了悲喜。

他难以诉说此时的心情，是失落，是内疚，还是委屈。如果这件事，和宁家有关，他不知道该怎样面对鸳凉。这些年一幕幕，像是旧电影，在眼前晃过，一幕幕，一年年。

出生在北方小城卿远县，生下来就没有见过父亲，与母亲、外公相依为命。

五岁时，母亲在工厂里被热水烫成重伤，几个月后因感染去世。

六岁那年冬天，外公摔断了腿，失去自理能力，从此他和外公在福利院过活。没有同龄人，没有玩具，没有陪伴，有的只是老人衰弱的呻吟和叹息，日复一日地重复，直到走向死亡的深渊。

在福利院，他遇见鸳凉，福利院里除了他，出现的第二个孩子。她寡言少语，眼神孤傲。从那一天开始，他突然懂得了活着的意义，那即是——把最好的都给她，只希望她快乐一点儿。

七岁时，鸳凉被人接走。福利院的护工阿姨说她去了S市，一个繁华而遥远的大城市，再也不会回来。

十一岁时，城里来了陌生男人，找他的母亲。外公和那个男人在屋子里争执，几个小时以后陌生男人出来，外公说这个男人是他的爸爸。这个所谓的爸爸问他今年几岁，然后带他回了S市。

在这之前，他没有接受过任何正规教育。对于S市的印象，也只停留在——那是鸳凉如今生活的地方，如此而已。只是，城市是这样大，将近十年，他们在同一座城市生活，却从未有过彼此的信息。而当他们再次重逢，已经太迟了。

好像这个世界被上帝遗忘的角落里，总有一些人会是不被需要不被在乎不被爱的可悲存在。不会有人知道你为生存和生活付出过多少努力，因为这一切都没有意义。

很多时候，他会问自己，活着是为了什么。

回应他的永远是无尽的虚空，后来他终于不再想——或许很多问题都是无解的，不如简单些，活在当下，所有的人都过得好，那就够了。

只是如今，简单活着，也是奢望。

2

三十天，七百二十个小时，四万三千二百分钟。你能做什么？平淡无奇地工作四个星期，还是策划一场走马观花的长途旅行，又或者用来爱上一个陌生人？

这些都太漫长而平淡了。

三十天，其实你可以过得比任何小说情节都惊心动魄。比如，被时光洪流推向一个残酷的选择，接受一个偷天换日的荒谬情节。

而三十天后，迟鸳凉又一次站在公安局的门口。

九月末的下雨天，潮湿闷热。她没有打伞，眼睛和头发都湿漉漉的。然后那扇沉重的门终于开了，宋承欢走了出来。

他瘦了很多，深邃的眼睛深深地凹陷下去，眼睛里都是血丝，头发长了很多，遮住前额。此时的他褪去了平日里的锋芒，整个人甚至感觉有些颓废。她静默地看着他，本该欢喜的场景在此时却被沉重的气氛所笼罩，连重逢都显得那么的百转千回。

“哥。”她的笑容中竟有些疲惫。

“嗯。”他轻轻应了一声，似有似无地回避着她的目光。

她勉强报以一个微笑，“我们去吃饭吧，好久没和你一起吃饭了。这些天难为你了，你瘦了好多。”

承欢却报以沉默。

“帛然怎么样？”半晌，他终于问道。

终于还是回到了这个问题上来，鸳凉只是缄默地看着承欢，脸上挂着一种悲凉的笑意。那神情像是在叹息——还能怎么样？

他已经替你承担了罪名，所有的责任都转到了他身上，他将为此付出法律责任——还能怎么样。

“是你求他这么做的?”第一次，承欢的眼眶里含了泪。他盯住她，问。

而她抬起头，看着他，轻轻地道：“你觉得呢?”

他眼神中有了愤怒，然后——一巴掌重重掴在她的脸上。

啪。

那么清脆，像是岁月和情感支离破碎的声音。

……

“你真是好——非常好！能想出这样的法子！你不觉得会愧对自己的良心吗？我宋承欢被陷害，没有办法澄清是我的无能，但是我还没有沦落到牵扯无辜的人这么卑鄙!”似乎被那声音震颤到了，宋承欢的声音亦有些颤抖——不知道是因为痛心或者愤怒。

鸳凉只觉得右边的脸颊滚烫，而心里却一片冰凉。这么多年来，他第一次动手打了她。

卑鄙!

啊，原来在他看来，自己是这样的人。

鸳凉低下了头，她心里失望极了。像是有什么从心上抽去了，轻得无知无觉，却在生命的深处重重叩响，余音缭绕。

“是啊，我本就是这样自私而卑鄙的人啊。又有什么可失望和争辩的资格呢?”她低声叹息，哧哧地笑起来，“总之，你没事就好了。”

承欢看着她凄楚的神色，恍然大悟，他知道自己定是错怪她了，于是突然有些不忍心。他本意并非如此——这些日子她必定经历了许多苦难和委屈，他不知道她是如何帮他洗脱本来已经板上钉钉的罪名的——虽然最后这结果并非他所想见，但也许也并不是她的初衷吧？

不该不问清楚就怪罪她的，只是……

只是这结果是他不愿意看到的，他不能原谅因为自己的疏忽而牵扯无辜这种事情的发生。

那太不公平了。

而当最终判决结果公布，他获得无罪释放的同时，另一种罪孽的感觉却清晰地涌上心间。

他只是因为太想知道为什么。

“鸳凉，对不起，是我的错。”他迟疑了一瞬，然后双手轻轻地落在她的肩上，顺势抱住了她，而她那么瘦弱，身体微微僵硬，而肩骨像是要冲出薄薄的皮肤一般突兀尖锐。他有些后悔方才的莽撞，又低低地重复道，“对不起。”

鸳凉缓缓地摇了摇头。“是我的错，知道你出了事我太着急，就去找他帮忙调查。帛然答应我会帮我解决这件事，我当时只想他是学法律的，但是我没有想到他会用这样的方式。在那之前他只让我转告你无论法庭上发生什么，你只要坚持整件事和你无关，剩下的都交给他就好。我只能照做，直到开庭之时我还天真地以为奇迹会发生，我们都会平安无事的。当判决书下来，我才醒悟，他是一早决意这么做的。事情已经发生了，总要有人去承担的。”

承欢痛苦地闭上了眼睛——判决过程的一幕幕清晰浮现眼前。

宁帛然递呈的那几份文件，将宋承欢的大额财产挪用，变成了他别有用心的利用，甚至提供了他父亲公司银行账户的记录，并诚意地退还了那笔资金……最终扭转了法庭的判决。在整个审判的过程中，他都那么平静，偶尔和承欢目光相遇，他也是非常淡然，甚至带着些若有若无的歉意——倒像是他真的曾陷害过承欢一般。

而承欢知道，这是假象。

真相的证据早已悉数被销毁。而那个始作俑者，也许正坐在某个角落不动声色地看着戏中的他们挣扎沉浮，痛不欲生……用一副轻蔑和无所谓的神情。

承欢觉得自己不可原谅。

年少的执迷像是一场梦，却留下深刻的影子，赋予现实以无穷的阴霾。

承欢突然明白原来往事可以这样的重，而承担，却又是如此的难，如此的令人无能为力。

3

那一日，他们回到家，当鸳凉问及事情的始末，承欢才淡淡开口。隔着漫长的光阴，再提起那段稚嫩的少年往事，那些误会的伤痛，那些一意孤行的执着，只有自己最清楚，那些真切的失去有多痛。

“你不会相信的。”承欢淡淡摇头，叹息，“我对于吟溪的感情，起源于一个误会。”

鸳凉沉默地听他说那段她未涉足的故事。再坎坷的故事，叙述者的口吻依旧是云淡风轻的，因为沐了时光的血泪，一切都变得理所当然。只是，在事情发生的当时，真真切切走过的每一个日夜，还是会刻骨铭心。

而看似微不足道的细节，竟为他们以后的生命埋下了伏笔。

只是，自那以后又过了多久。

就算是迟鸳凉，那般认真地关心着他的一举一动，亦不曾怀疑过承欢对吟溪的真心。

是啊，爱情这件事，谁说的当局者迷旁观者清？有时，旁观者只是看到了一段感情表面上的繁华甜蜜或伤痛悲凉，就认定了全局，然而，却始终是站在离真相最远的地方。

承欢说的没错，她不会相信，因为，她不能懂。他是怎样的执着，又是以怎样的心情，耗尽十年光阴，去弥补年少时一个幼稚的错。

她神情失落，轻声道：“我不明白，爱情应该是自由的……”

承欢看着她，像是在因什么而出神。良久，他才慢慢握住鸳凉的手，“是啊，我们都是自由的，所以不管结果如何都是我们咎由自取。好在我并不后悔——其实感情并不是完全凭感觉的事，时间能够改变很多，包括在失望和排斥中完成接纳和融合，在此过程中你看足一个人的完满与缺憾。经历过这些以后，你才能抵达真正的爱情的核心。”

臆想中的爱情不存在，就像臆想中的伤痛不存在一样。

承欢微微一笑，像是对往事释然了一般，“所以你不需要同情我。”

“那么又为什么分开——是因为，颜祈回来的缘故？”

他的神色有了一丝遗憾的意味，“如果我早一点儿想到，事情就不会变成这样。他说过的，若有一天回来，一定是为了取回属于他的东西。”他迟疑了片刻，接着道，“十几年了，再回过头看那段青涩的岁月，谁都会把那些当作年少轻狂时的妄语吧。而且，他再次出现时，是以唯喜男朋友的身份，带着一笑泯恩仇的姿态。我以为正如我接受吟溪一般，他亦接受了现实的变化。我没有想到的是，那个时候，阴谋就已经步步接近我了。

“他回来是为了找吟溪，我不知道他对吟溪说了些什么——那些文件原件和收据应该是通过吟溪之手到他手里的。那段时间太忙，工作都带回家做，而我对吟溪从来都是放心的。”承欢说到这里不愿再说了，他低垂着眉，他的睫毛很长，挡住了眸中一些波动的情愫——那里面，有失望，有寥落，有辛酸，“这也全当我自作自受吧。”

“而唯喜……我不知道她是帮手还是被人利用，但我清楚，她是知道这件事的。”

末了，他叹息。

“你不会明白的。”与此同时，城市的另一边，颜祈轻轻地晃动着一杯红酒，而他的眼神也仿佛随着那血红液体的晃动而迷离起来。他的轮廓，在咖啡厅幽暗的灯光下看起来有种诗意的哀伤。他依然有着轻易令人沦陷的气息，然而此时坐在他对面的唯喜，却全然没有他这样的兴致。她想她的心，已经因背叛而痛楚，因失望而寒冷。

她只是在为自己，为鸳凉，为承欢和帛然，要一个解释。

“你不会明白……”颜祈的语气幽幽的，又重复了一遍，“我比任何人都想要忘却。”

唯喜不语，她等着他说下去。

“十几年了，没有人愿意沉沦在过去的回忆里寸步难行。可我发现，经过那些过度隐忍和近乎疯狂的克制的日子，我已然没有能力——再去爱人。母亲去世，离开吟溪，这一切的变故让我像是丢了自己的心。我拼命地追求事业的成功，也在这些年经历过一些不甚用心的爱情，然而所有的一切都无法填补那份寂寞。为什么我要为宋承欢的错误承担这一生的痛苦呢？我不甘心，所以我回来，我想也许只有吟溪，能够给我真正的爱人的感觉。”

“颜祈，你觉得是承欢的错让你不快乐？可是你不觉得，让别人为你的病态埋单很卑鄙吗？你若爱一个人，就去光明正大地争取，你完全可以证明给她看你是值得她喜欢的，你能够带给她一生的幸福。你是个有臆想症的疯子，还想要所有人陪着你一起下地狱！”唯喜不屑，她的声音冷冷的。

“我并没想到宁帛然会傻到精心布置了那么多证据，去为这件事情顶罪，既是为了他爸爸也是为了他爱的人。其实，最初这件事也是宁帛然的父亲找到我的。你们可能不知道，帛然的父亲和宋祺明早些年有过节，他只是想用这件事报复宋祺明，而正好被我利用了。我们策划这件事时，宋祺明还未过世。如果不是宁延海，我没有这样的机会。调换文件一事我确实是利用了你和吟溪，但现在已经没有意义了。”

唯喜看着他，突然觉得有些荒谬。

他连托词都说得那么冠冕堂皇——是的，他本是为了吟溪和承欢而来，所以自己又算得了什么？这半年时光，自己对他而言又算什么？她对他的信任和依赖，又算什么？不过是一场利用，只有自己这样的傻子才会当真。

彻底的傻子。

唯喜只觉心冷，她明白这场阴谋里她虽不是谋划者或刽子手，却无意中做了递刀的人。而刀刃抵向的，却是挚友的喉间。她想，她这一生是永远无法原谅自己了。

“沈吟溪呢，她是从什么时候开始背叛宋承欢的？”

“那不是背叛。我们之间的事，与你无关。”似乎那个名字是颜祈不能触碰的禁忌一般，颜祈的声音突然变得极冷极冷，“而我们之间，也该结束了。”

是。

某种程度上，也只能如此了——唯喜和颜祈。

唯喜笑了，她看着颜祈，这个二十三年来第一个令自己真正动心的男子。他是如此的优雅迷人，却也是如此的冷血和薄情。她曾天真地以为自己有一天会将余生交付于他，而最后，不过一场幻梦。

她该走了，告别这一段痛彻心扉的爱情。或者说，只是她一相情愿的爱情。

“颜祈，你相信这世间是有报应的吗？知道你不信，但是我信。”她最后望了一眼坐在单人沙发上的他，像是要把这张脸印在心里一般，然后决然地转身离开。

走出咖啡厅，她茫然地望着灯火辉煌的街道，似乎不知去向。初秋的凉风里，她宛如一片静静萎谢的叶子，身姿纤长柔弱。一贯灵动的眼睛不知是因为倦怠还是失落，只有些微弱的黯淡光泽。

没有人知道，在与颜祈谈话的两个多小时里，她的手里一直紧紧地攒着一支录音笔。

“颜祈，我相信报应，你最好也相信。”她低声道。

到最后，她不得不彻底背叛这段感情——再也顾不得任何往昔的温情。

咖啡厅内，颜祈一人长久地坐着，时间流逝，而他似乎无知无觉。

不知多久，他突然回过神来，拿出手机拨了一个电话。

当沈吟溪的声音响起时，他的眼神又重新变得温暖起来。那是一种特别清澈的温暖，温暖里没有一丝阴霾。

那薄情的面容之下，也埋着如此温柔的一颗心。

4

“零陵路的花园小区。”从咖啡厅出来，唯喜搭了一辆的士，顺势疲倦地靠在后座上。她没有化妆，在那方素净的面容上能清晰地看到她的憔悴瘦削。此时她的眼窝深深陷下去，少了些过去的张扬妖娆，多了些沧桑的味道。车窗外是点点灯光，此时看来却热闹得很孤独。

她遗憾地想着，人这一生，真是要经历一段支离破碎的爱情，才能够长大的。

属于期望的都因为太过完美而不真实。

“等一下，掉头，去夙溪北路。”唯喜突然改了主意，对司机道。

去找鸳凉吧，就现在。

自从法庭上短暂的相遇之后，她们已没有再联系过对方。于唯喜，是歉疚；而于鸳凉，唯喜不能确信，她是怨着自己的吧？唯喜叹息。而如今，她决定面对一切了。

如果说事情因自己而起，那么也该因自己而结束了。

现在上诉的话，还来得及。

那天晚上，唯喜没有找到鸳凉。她家没有人在，手机也一直无人接。唯喜悻悻地走了一圈，像过去那样在鸳凉家门口坐了很久，直到凌晨时分才离开。

她对自己说，没关系，还有明天……然后拖着疲惫不堪的身体回家，空荡荡的公寓只有自己的影子相随。唯喜喝了一杯凉水，然后无力地躺在床上。唯喜觉得自己混沌极了，也疲惫极了。但是她想着只要熬过这个漫长的夜，光明就会再次来临了。她想着不久以后她和鸳凉就依旧可以一起买很多食物和碟片回来，一起赤着脚在地板上走来走去，一起相视而笑或者相拥而泣，或许还可以叫上帛然和承欢一起在家聚会……她想着这样真好，她现在多么想念他们。

这么想着的她，终于慢慢睡着了。

不知过了多久，唯喜梦见自己从天空疾速坠落，风声在耳边呼啸而过——她一身冷汗惊醒。手机显示时间是八点十五分。她迟疑了一下，还是第一时间拨通了鸳凉的电话。

电话虽然接通了，那边却没有言语。

“鸳凉？”她轻轻地问。

“唯喜。”电话那边，鸳凉的声音终于传来，带着微微的颤抖，有种特别幽咽的诡异。

“帛然自杀了。”唯喜拿着手机，听到电话的那头，传来这句话。

唯喜没有回过神来，脑中响起巨大的轰鸣声，呼吸亦突然变得艰涩起来。她像是不明白这句话的意思，迟迟无法思考，身体亦慢慢变得僵硬起来。

“他在哪儿?”像是过了一个世纪那么久，她听到自己哽咽的声音。

“北新泾监狱的太平间。”

鸳凉是在承欢被释放那天晚上接到监狱打来的电话的，当时她正和承欢谈话，试图从整个案件中找到疏漏，再次上诉驳回法院的判决。电话那头却告诉她，宁帛然在监狱里自杀，已经去世了。

她听到这件事时，以为是监狱那边弄错了。一面反复向工作人员描述帛然的样子，一面泪水却不由自主地簌簌而落。挂掉电话后，她和承欢搭车连夜赶到了监狱。

“是关进来第二天晚上的事，早晨被发现时身体已经冷了。已经通知过他的家人。很遗憾，请节哀。”穿着监狱制服的中年男子神情平淡地说。

鸳凉死死地攥住自己的衣角。

她不相信，直到看到帛然的尸体。

那么年轻鲜活的生命，此时却永远地躺在冰冷的停尸房里，像是一场永远的安睡。鸳凉沉默地望着宁帛然，他的皮肤泛着枯槁死寂的青灰色。少年的眼角眉梢还停留在鸳凉初遇他时的记忆里，静寂极了，也温柔极了，只是不再有昔日暖和的光彩。

他离她那么近，却已经走了那么远。

上一次这样靠近彼此是什么时候？鸳凉心下惨然。

心下很多旧时场景一一交替在眼前显现。

……

“迟鸳凉，我喜欢你——只喜欢你。”他琥珀色的瞳孔里有熠熠的光彩，认真的样子。

“你不喜欢我，我早就知道了……没关系啊。”他一脸好脾气的天真模样。

“本少爷可是为了你的生日特地赶回来的，免得你在这空荡荡的地方独自凄凉，这么善良可爱的人是多难得才能遇到啊……”他絮絮叨叨的样子。

“你凭什么喜欢鸳凉，只有我才能喜欢她……”他和屿之斗嘴吵架的样子。

“鸳凉，你听我说。你不要失望，事情尚未定论。我宁帛然答应过你的事就一定会做到。你会和承欢一直在一起，你们不会分开……”在她寻不到出路，而他握住她的手时，就已经不动声色赌上了自己的名誉和生命。

以及最后的——

“鸳凉，你去告诉承欢。法庭上无论发生什么都坚持对于这件事他一无所知。剩下的事都交给我，这一次请无条件地相信我，否则我们会功亏一篑。”他眉眼弯弯，笑容略带哀伤。

“鸳凉，不管怎样……能认识你真好啊。”那天的最后，他分明是来向她告别的。只是她以为他只是在安慰她，直到法庭上，他突然对法官呈上一份资料——证明公司的财产损失或许是由于法律审批环节出了问题，而承欢所负责工程的那笔款项的法律负责人，正是他，宁帛然。

并要求调查他父亲公司账户三个月里的进账情况，并表示愿意归还所挪用的资金。

直到那时，鸳凉才终于明白他的用心。

她坐在审判席上，看着他从容不迫地递交着所有的文件，条理清晰地陈述着那些无懈可击的陈词。

鸳凉觉得自己已听不到那些意义复杂的句子，心底像是被一场凉风席卷而过，只有空洞的回声。

……

当法院最后判决承欢无罪释放，而帛然自己却要因为挪用巨额公款承担八年的有期徒刑。她死死地盯住他，想要寻求一个答案，而当他回头遥遥地看着她时，眼神里竟似有单纯的快乐。

那笑容，好像云淡风轻地传达着一个天真的信息：“看，鸳凉，我没有骗你吧……”

他就这样笑着、笑着，从阳光下走入了无法回头的深渊……

然而鸳凉不知道，自杀是不是他预谋的环节之一。

也许对于帛然这样爱自由的人来说，八年的监禁比起死亡更加可怕。一开始他就是抱着必死的决心接受判决的——所以他的眼神才会那么的坦荡释然，天真得不染尘埃。

他是太过简单的人，却有着过于任性的疯狂。

所以他靠近她，爱着她，守护她，终于耗尽了生命中所有的温度，孤单地冰冻在寒冷的末世里。

那里，没有自由，没有欢乐，没有光。

这一场以死亡为形式的告别没有任何征兆——是如此的猝不及防。

死去的人消失了，而活着的人要如何装作若无其事地活下去？

死去的人以英雄的姿态活在人们的脑海里，让生者背负悲伤的记忆和永远的歉疚，将残忍一词演绎得淋漓尽致。

太过残忍了——

帛然，你并没有征得我的同意，便让我背负了这样深重的罪孽记忆。

那么这样的我，又怎么会幸福呢？

鸳凉独自对着空旷的人间，无言地落泪。

"什么时候的事?"

"昨天晚上。"

唯喜渐渐感觉到自己的灵魂脱离自己的身体而去，她的身体像是飘浮了起来，变得轻飘飘的，像是没有任何分量。手机摔在了地板上，屏幕很快暗了下去。

一切已经没有意义了……当那以死亡为结点的封缄来临。

就算将那段录音公之于世，也不能挽救了——她太迟了。而这世间有些事是经不住等待的，比如思念，比如误解，比如生死。跨越时间的瀚海，她终于无法将过往寻回。

所有的希望，就此幻灭。

在失去意识的最后一刻，唯喜想，她这一生要怎样才能宽恕自己的罪呢？太难了。

葬礼上，鸳凉又一次见到帛然的父亲。

她还记得不久前在幽梦引曾与他有过一面之缘，当时因为颜祈在场，她太过针锋相对，没有顾及应有的礼仪和尊重。而现在面对生死这样的命题，其他的一切显得如此的微不足道。

宁延海已不见了当日那种商界精英的狡黠圆滑，不过是失去儿女的寻常中年男子模样，面容有些许的遗憾神色，不见彻骨悲伤，却也难掩失落。

像是早已料到了这件事的发生一般，有着麻木而隐忍的悲恸。

鸳凉只觉得辛酸——这么多年以来，帛然从未向任何人提起他家里的事。他总是一脸温暖的笑，天真得像个大孩子，所有人都以为他是在无限的宠爱中长大的，没有人会想到他从来都是孤零零的。他是那么温柔的人，然而最后，他连死亡都是孤零零的，在冰冷黑暗的监狱里，他没有人陪伴，任疼痛来袭，意识模糊……

没有人能够没有负担地在这世间走，只是有的人把一切过往都埋起来了，别人看不见，但并不能代表，什么也没有发生。

鸳凉默默地站在原地，天地肃穆，而她的心里掠过一阵阵空洞的悲凉。

“迟鸳凉?”一个微微浑浊的声音响起，鸳凉应声抬头，是帛然的父亲。

她无言以对，于是只是轻而郑重地点了点头。

“我想和你谈谈。”他这样轻声说道。

5

“你爸爸还好吗?”宁延海和迟鸳凉走进东侧大厅的一间空房间，他坐下来后，便这样问道。

“我爸爸?”鸳凉未料到宁延海会这样问起，亦不知道他们旧时曾相识。

“宋祺明。”他说了一遍名字。

“他去世了。”

宁延海始料未及，他轻轻张了张口，却什么也没说出来。

鸳凉似乎感觉到此时宁延海问起宋祺明必定有什么不寻常的事，凝视住他，目光中带着探询。

“什么时候的事?”许久，他终于再次开口。

“三个月前，胃癌。”鸳凉答了，又问道，“您认识我爸爸?”

宁延海只是笑着摆摆手，不打算说下去了，然后自顾自地从袋子里拿出一些东西，递给鸳凉。

“这是帛然留在书桌上的一封信，信封上有你的名字。信封下面的这幅画，我也一起拿来了，应该都是给你的。”末了，宁延海语气平淡地说道，“我们要把其他的东西处理掉了，这些应该是那孩子的愿望，我交给你了。”

说罢，宁延海便决然地转身离去——原来宋祺明已经死了，他这一生的敌人和竞争对手！少年时便争取老师的表扬和学业奖励。和颜怜的那一段传奇恋情，却最终败给了距离和现实。成年后，事业上他也永远败在宋祺明的运筹帷幄中，所以追上他，打败他——这似乎就是他宁延海一生所追求的事。最后，他在公司偶遇颜祈，知道颜祈是颜怜的儿子，并得知颜怜的死和宋承欢有关，他试图用打垮宋承欢的方法给宋祺明致命的打击，给他情感和道德上的压力。然而，却不料，他沉寂的半年，是独自走向死亡的半年。最终，他宁帛海依旧无法打败宋祺明，他所做的一切，不过是臆想中的孤独战斗，没有任何意义。为这一切付出代价的，却是最为无辜的帛然，他自己的儿子。

这世间的情感太过复杂，有依赖，有疏离，有误解。在他疯狂地嫉妒着另一人拥有的一切时，有的人却选择疯狂地追随和等待。

只是，这些事情的发生，是无可避免，也无可挽回的。

所以，这一切的不公平，是天命。

“丫头，好好活着……带着帛然和你爸爸的那份。”宁延海走到门口时突然说道。鸳凉抬头看向他的时候，他眼里有温和慈悲的笑意，那一瞬间——她恍惚以为自己看到了爸爸的影子。

不过只是一瞬，幻觉再美丽，可毕竟是幻觉。

当她重新回到现实里，手里是帛然留下的那封信，还有那幅画——那张她二十二岁生日时画的墨莲，被他像宝贝一样装裱起来细心收藏着。也就在不久以前，他曾真切地笑着说道，鸳凉，你的灵魂像是水墨的颜色……

她只觉得手上的东西犹如千斤重，太多记忆，亦有太多辜负。

她展开那封信。

鸳凉，当你看到这些字的时候，我应该已经在另一个世界了。这一次请原谅我的不告而别……

鸳凉在冷风里展开那页脆薄的纸，当视线掠过第一句话，涌上的泪水就已经朦胧了整个世界。

这是一场预谋已久的牺牲。

——为她的执念，为她的自私。

请你不要因我而哭泣，我喜欢你笑起来的样子。

我一直是个无足轻重且对任何事都漫不经心的人，若不是今生遇见你，可能我都不知道世间上会有这般珍贵且值得我用生命去守护的感情。像是一场最漫长的等待，或者是不见尽头的追逐，你于我，像是遥不可及的梦想。只要你在，我就心甘情愿去爱。

还记得那个小波哥哥吗？那个时代我只能从垃圾堆里捡破旧的洋娃娃送给你，却早已写下了一生之情的主旋律，想要自私地把天下最好的都送给你。直到现在，那些纯粹地想要你快乐幸福地心情，都没有过丝毫的改变。我们那么早就相识了，命运早已将结局写好，等着上演的这一天。

直到我们重逢，在大学的第一天便遇见你，那时你对我说："既然已经在这里了，为什么还要后悔呢?"

是啊，既然已经爱上你了，我就不会再后悔了。

虽然这样回答着，但还是会不自觉地奢望着，你能多看我一眼，多喜欢我一点儿，想让你看见，我一直在努力成为你喜欢的样子。

我知道，也许这么多年，是我一直在一意孤行，我自私地爱着你，不求结果。

谢谢有这么一个你，因为如果放弃了它，我不知道这世界还有什么值得坚持。

其实希望于我而言，一直是简单而微小的事情。我没有体会过家的温暖和羁绊，我没有享受过相爱的喜悦和安全感，有时会隐约地期盼，期盼我死后，有三五个子女抢我生前的财产，鸡飞狗跳也没关系；我期盼，我死后，有人会因为我的离开而号啕大哭，或者幸灾乐祸也没关系，是真是假都没关系；我期盼着，我死后，不再像活着的这些年，这样的孤独，这样的寂寞。

一面这样期盼着，却一面不安地觉得，百年之后，还是会走向那个寂寥的结局。孤独地生，孤独地死。

所以当我明白，你也像我这般深深地在心里爱着一个不可能的人，我知道那是我倾尽一生也无法替代的位置。我不再苛求什么，甚至觉得你们最后有幸福的结局，我也就很知足了。

只是希望能够让你再度展颜欢笑，也就足够了。

到了最后，我还一直在用我的方式爱你。

鸳凉，你不用感到愧疚，唯喜说得没错，这件事和我有关——至少和我的父亲有关。一切都有因果，我也是不久前才知道，颜祈的母亲和我的父亲旧时曾相恋，我父亲甚至认了颜祈做养子。想必我父亲也是受了颜祈挑唆，认为颜祈母亲之死是宋承欢的过错，所以，才一手策划了这件事。我知道成年人世界有太多复杂太多误解，非你我能够明白，我的想法很简单，只想要你幸福，我想要我的家人平安……父债子偿，这不是最好的结局吗？

我知道这样的我是自私的，所以，别为我悲伤。我只希望，做你心中的英雄。哪怕只有一瞬，也好。我希望你想起我的时候，没有负担没有难过，你要相信你自己足够善良和美好，美好到世界上曾有这样一个我，愿意为你的幸福做任何事，包括无谓的死，也包括痛苦的活。

……

希望你不要责怪唯喜。爱情是疯狂而盲目的，我相信她比任何人都在乎你，只是上天喜欢和我们开玩笑，他设下的迷宫让我们都头破血流。那些不可避免的伤害，让我们都忘记吧，别辜负我们有过的好时光。

……

真怀念三个人一起在校园里的那些日子啊！那时的星星好像都特别明亮，不像现在，外面下着雨，天空很伤感。希望雨停的时候，你怀念我的时候，你能感觉到，我一直在思念你。

当我怀念你的时候，我也在思念着你。鸳凉。

鸳凉低着头，仿佛又看见阳光下少年的笑颜，与那些少年在笑容背后不为人知的孤独——而这些都消失了，明亮和黑暗，笑靥与眼泪，无论曾经有过怎样的过往，都已经消失在时间的洪流之中。

而他以这样天真决绝的方式，让她的一生都不可能再忘记他。

6

又是那个熟悉的、宛如梦魇一般的场景。

……

“你有把握?”法院的门口，开庭之前的最后几分钟，鸳凉满心忐忑地问他。

宁帛然凝视着她，他穿着西装，白衬衫、暗红条纹的领带，五官硬朗却精致，眸子澄澈如海。早晨升起的第一缕阳光下，他意味深长地回望着那样和煦的阳光，睫毛和头发都被染成了柔和的浅金色。

许久许久，他温柔一笑。

“有。”

她悬着的心安定了一些，却没有注意到他的眼睛里有那么多复杂婉转的情愫。

像是在对这个世界无声地告别。

“鸳凉，不管怎样，能认识你真好啊。”他转过身去，一步步走上高高的台阶，走到那阴影里去。鸳凉有些茫然地看着他的背影。

突然，她看见他洁白的领口，有暗红色的血液涌出，滴滴答答地浸入了那件深色的西装里，浸入了大理石的地面上，而他无知无觉地，在那血色的簇拥下，没入无尽的黑暗里。

她在他身后追赶，喊他的名字，都是徒劳。

只有那血色、那黑暗，急速地吞噬一切。

鸳凉从梦中惊醒，眼前却仿佛还能看到那一日的光景，他的笑容毫无阴霾，阳光像是他的影子。而这一切，却又真实的，发生了。

自通知帛然的死讯后，鸳凉一直未见到唯喜。

当唯喜听到帛然去世了，就再也没说话，沉默了片刻电话就断了，只剩下一串忙音。

鸳凉当时的心情是昏暗寂灭的——她想没有人能够接受这样的事实，自己亦然。她已经无力劝慰别人告别悲伤和仓皇。是，这一切都太过仓促了。曾经鲜活的生命突然从自己的生活中抽离开去。

然而好几天了，唯喜却一直没有音信。鸳凉承认，因为她和颜祈那层关系，自己心里一直有阴影，也一直不愿和唯喜摊开来谈论。也许正是因为太过珍视对方，所以心结才更加难解。

而后来，反复地读着帛然留下来的那封信，想起旧日的那些往事，鸳凉才终于释然。

……

也许，只有经历过一两次离别和背叛，误解和痛苦，她和唯喜才能算得上是真的成长起来了吧？所以无论要面对怎样的风雨，能够抱着痛哭一场，再打起精神重新启程也是另一种幸福……

她下定了决心，拨通了唯喜的电话——唯喜的手机号码还是她通讯录里的第一个号码，唯喜仍是她最依赖的朋友。

电话很快就通了，然而接电话的却是一个男人。

“唯喜在吗?”鸳凉微微诧异，却只是淡淡地问。

“鸳凉……我是屿之。”那边温和的声音突然让鸳凉想起帛然，鸳凉一时恍惚。

“唯喜现在在医院，她这几天的状况不太稳定。我不知道发生了什么事，医生说她是精神受到刺激，选择性地忘记了一些事。而且她情绪很不稳定，要靠药物维持治疗。这几天我一直陪着她，本想等她好一点儿再告诉你的。抱歉……”

鸳凉静静听着，她只觉得命运的玩笑未免太过冗长连绵，她已应接不暇。

“哪个医院?”似乎当所有悲哀相遇，她的感知只剩麻木了，最后，她只是平静地问道。

屿之轻轻答了，却听到声音淹没在一声砸东西的响声中，屿之慌忙挂了电话。

鸳凉许久才反应过来。

那是一所专门治疗精神病患者的医院。

她像雕塑一般，手中握着手机，木然而僵硬地站在葬礼大厅前，哀乐声沉重肃穆，中间挂着的是帛然的黑白遗像——照片上的少年眼神澄澈，带着悲天悯人的笑容，注视着人间发生的一切。

她报以一个温柔苦涩的微笑，然后转身离去。

那些用生命爱着我的人啊，我定会不辜负你的希望，更坚强地活下去。

鸳凉是第一次走进精神病医院这样的地方。

根据屿之发来的信息，她顺利找到了唯喜的病房。

一间狭窄而幽暗的房间，光线都像是被人间风雨过滤过一般，透着彻骨的凉。

她进门的时候唯喜正在睡觉，像初生的婴儿般蜷缩着。曾经乌黑有光泽的头发此时像乱蓬蓬的杂草堆在头上，她穿一件珊瑚蓝的毛线衣，有蘑菇的卡通图案，深灰色的休闲裤上沾了些灰，指甲上酒红色的指甲油已经脱落了一半。

鸳凉看着唯喜，她睡着的样子天真中带着憔悴。

屿之在旁边坐着，看到鸳凉进来也只是挤出一个勉强的微笑算是打招呼。他看起来亦是一脸憔悴。

“她忘记了很多事，但是不知道为什么，还记得我。”

屿之轻声道，“医院给我打电话的时候，我很吃惊。”

“是怎么回事?”

“听说是被陌生人送过来的，当时她穿着睡衣在马路上乱跑，敲别人的车窗，一会儿大哭一会儿大笑。那天下着雨，她整个人都淋湿了，最后晕倒在雨里，被街上的人送到医院。之前没人敢靠近她，都以为她是个疯子。后来她醒来，医院的人问她有没有亲人的联系方式，她就告诉了医院我的名字和手机号码。我也觉得不可思议！到底发生了什么事?”

“颜祈背叛了她，帛然也走了。”

“帛然……去哪里?”屿之一时有些不解，脱口问道。

“天堂。”鸳凉望着他，声音几乎低不可闻，但他还是清晰地听到了那个词。

“怎么会这样?”屿之也是心下一惊。他记得那个少年，不久以前，帛然还和他在鸳凉家斗嘴，开鸳凉的玩笑——那个少年有着那么明亮的笑容和鲜活的神采，他的温暖和开朗轻易就能感染每一个人的情绪。只是，这才多久的时间……

“难以置信是不是？我想她也不愿相信。”鸳凉转而凝视唯喜，轻轻叹息。正说着，唯喜却突然醒了。她看着鸳凉，她的眼睛上挑，笑起来有些妖。看到她笑容的人会轻易沉入那眼神中去——那是鸳凉记忆中的样子。然而此时，她的眼神很纯粹，有着不染世故的空洞和天真。那双眼睛正望着鸳凉，以一种全然陌生的姿态。

“屿之……她是谁?”她转向屿之，神情里充满了惶恐和不安。

“她?”屿之不曾料想她居然会不认识昔日最好的朋友了，顿时语塞。

鸳凉也是静默地回望着唯喜，眼角却慢慢地泛起了泪水。

顾唯喜莫名地看着她，神情有些不解。

“我……”鸳凉迟疑地开口，“我是屿之的朋友，来看望你。”

于是唯喜又望向屿之，似乎在验证她的话是否真实。屿之只好尴尬地点点头。

鸳凉看着唯喜，这个女子是她的闺密，她的挚友，也是她一生的知己。她们曾经像是并蒂的莲花，共同生长在同一片天空下，自由、张扬、恣肆，分享阳光与露水，倾谈悲伤与欢乐。

而这一瞬，她不记得她。所有的往事都成为真假难辨的伤痕。

唯喜，这一次，你逃离得何其彻底?

……

那天的唯喜很安静，她没有歇斯底里，也没有呼天抢地，只是略显畏惧地望着鸳凉，像防范敌人入侵一般一直望着她。鸳凉安静地坐了一会儿，她试图跟唯喜聊聊天，说说过去的事，她们一起看过的电影喜欢的歌曲参加过的聚会或者是喜欢过的同一件衣服，但是唯喜通通只是像什么也没听见一般充满敌意地望着她。

鸳凉知道自己做不了什么了。

也许关于她的记忆太过沉重，唯喜有意地删除了那部分回忆。而那些关于伤害的心结，只有她自己，才能解得开。

她给屿之留了唯喜远在他乡的父母的联系方式，便告辞。

走出住院大楼的时候她回头看去——

住院部是灰色的建筑，敦厚的长方形，毫无设计感可言，远处看起来整幢楼沉郁而压抑，窗户被铁栏杆层层固定住，隐隐从窗户里透出一丝幽暗寂静的灯光。

这里其实更像是监狱。

精神的监狱。

而此刻唯喜住在这里——曾经光彩夺目的唯喜，曾经顾盼生姿的唯喜，曾经骄傲到不可一世却也温柔到令人心暖的唯喜，被“囚禁”在这里。

不知要过多久，她们才能够泅渡过时间的河，再次相遇。

7

这一天，吟溪和颜祈来到曾经的高中母校。教学楼和操场都还没怎么变，停留在他们记忆里的样子……仿佛一回头就能够寻回当年三人在这里挥霍青春的影子。然而一转眼，看到身旁走过的高中生，面容青涩，神情天真，顿时才意识到自己已然老去。

他们属于一个逝去的时代，对于别人的青春年华，他们只能投去艳羡的眼光。遗憾地想着，多久以前，自己也曾有过这样美好的时代。

曾经，十几岁的时候，他们曾在这里，发誓不管过去多少年，也不要变成互相猜忌、尔虞我诈那样自己不屑的样子。而如今，惨淡的笑意里，只有遗憾和苦涩。

物是人非事事休。

“离开以后，你怀念过这里吗?”吟溪轻轻开口。

“都忘了。”颜祈皱着眉，片刻后，淡淡地摇了摇头。

“可是我怀念那个年代。那个时候，我们青涩幼稚，却充满着不切实际的梦想。什么惊天动地的爱情，忠贞不渝的友情，辉煌璀璨的事业，虽然那些想法在现在看来是那么的荒谬可笑，但我还是很怀念。至少那个时候，没有利用，没有欺骗，没有虚假的爱情。”

颜祈看着吟溪，眼睛里慢慢有了种说不清的沉重。

对往事的怀念，怎么会没有?只是自己一直不愿去承认而已。

只有十几岁的日子，人生才因为足够热烈而足够真切。爱是真的，痛是真的，而那以后，连快乐都是迷幻的、虚妄的，找不到一个借口来度过生命的平淡与空洞。

所以，他用假的仇恨来稀释了真的用情。

而如今，故地重游。他终于明白，或许错的从来不是别人。

“颜祈，阿祈。”吟溪重复着喊他的名字，一字一板，眼睛里慢慢噙了泪水，“其实，我知道你是个善良的人，你只是孤独，你被忽视太久……你试图用这种方式唤起别人对你的关注。”

颜祈愕然——她是会猜心吗？

为什么过了这么多年，唯有她，是这样懂得他，让他觉得人间尚有温情存在？

沈吟溪却回避了他探询的目光，低下头去，继续着自己未完的话语，“阿祈，我懂你，但是，我不能原谅你。我是一个很较真的人，你利用我做的事，是我不愿做的。我会为之悔恨，一生一世。”

颜祈摇头，却无言以对。

“阿祈，谢谢你这些年对我的情意，吟溪会铭记在心。但是，我们还是分手吧。”沈吟溪伸出左手，了然的目光，轻盈的笑意，像是雾，就要被风吹散了，有一种幽幽的凉薄。

颜祈看着吟溪，他的眼神有一种悲壮落下后的凄凉。终于慢慢平息，变成温柔的笑意。

他伸出右手，握住。

合作结束了。

而他依旧是这十几年光阴背后，最大的失败者。

“我对你，纵使有过利用，有过欺骗，却从未……有虚假的爱。”这样一句话，最终依旧没能说出口。

颜祈转过身，大步流星地离开了这个承载过他们所有青春、爱情和梦想的地方，那个葬送自己善良的地方。这一刻，他没有哭，也没有孤独，只是恍然间明白了——

原来这就是人间原本的面目啊。

与空洞寂寥相伴……直到死亡来临。

8

2011年的冬天来临，鸳凉在N市继续最后一年的学业。承欢因为那次的事故而被公司辞退，他出租了原来的S市的套房，然后在鸳凉的学校附近租了一套小公寓，找了另外一份工作。

鸳凉不知该如何处理他们之间的关系，那件事之后——似乎有什么永远地改变了。

那些内心无可回避的歉疚和负罪感让这份感情太沉重了。

很多的孤独仓皇和无可适从，从未有过这样的时刻，让她觉得天地空阔，而自己却不知去向。周围都是陌生的人，忙着考研出国或者实习找工作，而鸳凉似乎脱离了任何一种群体，只是专注于生活本身。她买了烤箱、煎蛋器、烤面包机、咖啡机，还有漂亮的餐具和茶具，学习烹饪和茶道，烘焙花式咖啡和制作布丁点心。鸳凉从前对这些生活的细节持一种无所谓的态度，那时她的生活太过潦草，而现在，或许是因为过度的反差，却觉得过于苛刻了。

或许，当我们开始过于关注物质生活，只是因为，精神的流离让我们找不到归宿。

如是，时间流逝，到这一年深冬时节，她已经结束了所有的课程，只剩下毕业论文和答辩。

寒假时候，她和承欢决定回 S 市。拖着行李箱离开学校那天，路上有相貌清秀的男生过来问她要电话号码，鸳凉微微恍惚，回想起了帛然埋在尘埃中的脸，心里有涩涩的酸楚，摇头谢绝了。

故人如此让人思念，却无法用任意一种轨迹将过去的路再走一遍。

如同父亲，如同唯喜，她总觉得很多重要的事是应该和重要的人一起度过的，若非如此，那么很多事，就没有意义。

又或者，人生本来就是由很多没有意义的事组成的。

她突然暗自下定了一个决心。

时隔半年，回到 S 市。

她给屿之打电话，聊起唯喜。

“还是老样子，记不起一些事……不过已经没有歇斯底里了。现在转到了普通医院的精神科，是你父亲住院时的那家医院。她现在情绪稳定，大多时候回家住。她母亲办了退休手续搬过来照顾她。我，打算下个月和唯喜订婚。她的父母也接受了我，我想我会是能照顾好她的人。”

鸳凉听着电话那边翻天覆地的变化，在电话的这边无声地流泪，久久，终于笑了。

“祝你们幸福。”她终于没有提出去看望唯喜。

回到S市，她和承欢并没有住回曾经的家里，而是短租了一个郊区的套间。

不触及以前的事，也好。

只是当有一天，鸳凉坐车偶然路过那家父亲住过的医院时，却不自觉地让司机停了车。她走进去，循着记忆找到当时父亲住过的病房，她似乎能看见过去的自己坐在冬天的阳光里削着一个苹果和爸爸亲切聊天的场景，后来才反应过来，那张病床已经住进了新的病人。她又问医院的值班医生精神科的楼层，然后一间间病房地寻找过去。

她终于没有找到那个熟悉的身影。鸳凉彼时是如此的矛盾——她如此地思念唯喜；但另一方面，她有多思念唯喜，就有多害怕再见到唯喜。

从窗口巡视完最后一个病房，她觉得安心，又有点失落。

Mr. Lonely 咖啡馆居然还是老样子，原封不动的装饰和布局，只是换了主人。

进门的时候，在放凯伦·安（Keren Ann）的歌，一切情节与从前有着惊人的相似。

“鸳凉？”一个略带惊喜的声音，温柔沉稳。

鸳凉错愕——她没有想到会在这座城市碰到什么故人。

是纪沿河，穿着黑色的大衣，刚准备从咖啡馆出来——他看起来没有什么变化，似乎瘦了一些，或者是，更沧桑了一些。

她看着他，笑道：“最近还好？”

沿河也笑起来，她第一次发现这个男子笑起来和记忆里的承欢有些相似——额上有淡淡的皱纹，脸上却是神采奕奕的。

“真没想到还会遇到你。我有一次无意走进这家店，刚巧在放着一张你曾经在我家放过的CD——它现在还在我家的CD机里。所以有的时候想起你，我会来这里坐一会儿。”

鸳凉只是淡淡地笑。

“还有我的手机号吗？”沿河看起来心情好极了。

“有的。”

沿河微微吃惊的表情。

“不是一直在手腕上吗？”略微停顿，鸳凉开玩笑道。

沿河笑。

两个人都沉默着。

“可你看起来不是很开心。”片刻后，沿河却看透了她笑容背后的一些无法言喻的悲凉，脱口而出道。

“可能吧。劫后余生。”鸳凉叹息了一声，微微一笑，略微停顿，又道，“我要走了。”

“回家?”

“不，我没有家。”鸳凉注视着沿河，他的眼睛让她觉得很亲切。在漂泊了很久之后，这一瞬的停留让她觉得安宁。但她清楚，这安宁和幸福无关。

就像初见他的那个大雨天里，她也曾经被失望和孤独包围，觉得自己无处可去。可是，那个时候，并非真的没有家。而如今，她是真的落单之人了。

沿河。人群之中，能够遇见并不稀奇，然而能够选择这样郑重告别的缘分，并不多。

鸳凉转身的时候，在心里这样想着。

9

唯喜和屿之的订婚仪式定在圣诞前夜，鸳凉穿着裁剪精致的白色小礼服，佩戴水晶项链，坐在观众席里远远地看着她生命中最重要的女孩和她的另一半准备步入婚宴的殿堂。

唯喜做了生命中最重要的决定，鸳凉却知道自己无法参加他们的婚礼。但是她始终记得她们曾经的约定，如果其中有一个人结婚了，那么另一个人，一定是伴娘。而她如今却只能遵照约定，在她的订婚典礼上，穿着白色的伴娘礼服，远远地看着她。观众并不多，大多是屿之的朋友和家人，鸳凉也并不熟悉，她环视四周，随便找个角落里的位置坐下来。

鸳凉远远地看着唯喜和屿之，五彩斑斓的灯光、香槟、捧花、结婚蛋糕、订婚戒指……所有象征幸福美好的事物，这一切能否让台上的女子觉得温暖幸福，生有可恋？

唯喜穿婚纱的样子真美，像是公主般高贵纯洁。此时的她笑起来的样子像个孩子，眉眼弯弯，天真纯洁。鸳凉想起大学时代她们路过多伦路第一次走进天主教堂时的场景，阳光透过教堂的彩色玻璃投影在走廊上，耶稣的十字架像位于大堂中央，圣洁而悲壮，带着奇异的救赎感。正巧遇上基督教徒的婚礼仪式，一对新人正在接受牧师的祝福。

“爱是恒久忍耐；爱是不嫉妒；爱是不自夸，不张狂不做害羞的事，不求自己的益处，不轻易发怒，不计算人的恶，不喜欢不义，只喜欢真理；凡事包容，凡事相信，凡事盼望，凡事忍耐。爱是永不止息。”牧师正在朗读着《圣经》上关于爱的箴言。

她们手牵着手，屏息凝神，第一次真切地感受到爱之虔诚和圣洁。

而此时鸳凉看着灯光下的唯喜，眉眼里都是温存笑意的唯喜。她想，上天给她这样一个不被孤独和悲伤回忆包围的顾唯喜，这样未必不是最好的结局。

订婚仪式结束后，已然黄昏，华灯初上，鸳凉也不搭车，决定步行回家，在街角的便利店买了啤酒和梅子酒，一边喝一边在街边走着。回忆醉人，竟让她有了微醺的感觉。不知走了不久，感觉脚磨破了就踢掉高跟鞋，赤脚走路，一边笑一边流泪。

鸳凉回到家时已经深夜，承欢已经睡着，她重新下楼，在超市买了芝士、乳酪、沙拉酱、新鲜的咖啡豆、起司、蔬菜、水果、他喜欢的三文鱼，以及一些汤料。

她在凌晨三点半的时候准备了一桌丰盛的菜肴，把那些温暖美好的食物整齐地摆在餐桌上。

最后，鸳凉收拾好东西，在日出之前离开。

离开之前她看着睡梦中的承欢。她想这半年的疏离和隔阂，已经淡漠了她青春所有的追逐和热情。然而在这一刻，他的眉眼，他的呼吸仍旧有着令她着迷的气息。

她想最后拥抱他，在梦里告诉他，他是她用生命爱过的人。

终究放弃了，她怕惊醒他后，她就再也没有勇气离开。

原来，告别比爱更需要勇气。

离开S市前，鸳凉将一封写给清苑的信寄了出去，信封上的收件地址是清苑从前住的旧地址。鸳凉知道她可能不会收到这封信，但鸳凉还是将信寄了出去，这是她一个人的仪式。

亲爱的清苑：

转瞬之间，你已离开多时。

每每想起那一日，你我在医院的长廊上初遇的场景，都觉得远得恍若前世。不过一两年的光景，却像是换了人间。这其间发生的事，生死一程又一程，只让我觉得应接不暇、身心俱疲。

然而不变的是，记忆里的你一直美好、清新、素净。

你曾在信里对我说，人活着，要么为爱停留，要么为梦奔走。只要你足够勇敢地选择，生活从来是这样简单的事。想要按照自己本来的面目生活……这件事本来就是如此的难。世间的规则让我无法摒弃自尊和骄傲生存，只能任自己越陷越深。

我一直觉得爱情和梦想，其实很相似。它们都美丽而有诗意，都让人痴迷，都轻易地摆布着我们的欢喜悲伤，然而，却都遥不可及。从前的我未曾明白过其中真意，错把爱情当成了梦想。经年之后，突然想明白了，爱情不过是年轻时的幻想，无论当初有过怎样刻骨的追寻，最终敌不过的是几十年的光阴。

在经历过一些生命与时间的代价之后，我终于能够放下。

就像最后见你之时，说给你听的那个故事里，女孩终于完成了那场自我的抗争，不论经历故事的当时她有过多少不为人知的痛苦和曲折，转述之时也不过是弹指一瞬的光阴，所有生命的细节都被遗落在岁月里。她终于接受，人生原本就有遗憾，那遗憾兴许也是美的，年年不忘只会撕扯着那个伤口，最终让自己走向毁灭。

我们的生命其实都很无辜，多少寻觅和苦痛都是自找的。爱情纵有千般的好，最后不过是身边那个人脸孔不同罢了。现在我明白，爱和梦即使再怎么相似，却永远不能够等同。爱是期盼永恒的，而梦是属于永恒的。因为人总是向往永恒，所以最后我放开手。

“我要做远方忠实的儿子，和物质短暂的情人。”我想起十几岁时写在日记扉页里的句子，那时我们的梦想多么干净纯粹。不想变成年少时自己不屑于成为的那种人，只愿回归平凡本真，做一些自己觉得有意义的事便好。

如今我只想去一座陌生的小城市，找一条安静的街道，租一套屋子，开一家别致的咖啡馆，所有摆放的物品都有特别的意义，和陌生的过客相逢和离别，旁观别人的生活细节。让生活平淡着，让流年在指尖流走，一切都是安宁和平的，不再有暴烈的成分，不再有担忧和不安，我想，那也就不枉此生了。

我们已经多年未见，往日种种已经幻化至地覆天翻。我还记得二十二岁生日时自己许下的愿望，希望等到年老时，身边陪伴的人仍旧是现在的人。然而，没有等那么久，你们如今就已经不在了。

我终于明白，世间万物，原来老得这样快。

你离开的这段时间里，我从未停止过猜想——猜想你如今在哪座城市，眼见怎样的风景，遇见怎样的人怎样的事。你是否还在写你的故事，虚构的或者是真实的……那些让人着迷的故事。你让我觉得拥有自由的梦想是多么好，即使我们都曾疯狂执着、义无反顾、偏执己见地走过一些曲折的路，也即将走向不可知的前路。

我不知道这座城市还有什么值得留恋，现在我的所见之处都是灰暗。但是我相信你说的，光会来临，只是需要另一次启程罢了。

你的，鸳凉

2011 年 12 月 24 日晚　于 S 市

圣诞节的早上，鸳凉买了一张单程火车票，目的地是她童年的故土。

当她被挤在人头攒动的车站再一次习惯性地在一张张陌生的容颜里寻找熟悉的容颜时，才突然想起——关于自己离开这件事，谁也没有告诉。

她像是一个孤独的时间旅人，在一个短暂的美好幻梦之后，重回生命的漂泊主题。

10

卿远县地处群山中间的河谷之畔，因为交通不便，经济不甚发达，然而这里的人们却生活得宁静和平。这里民风淳朴，倒像是退回了历史的剪影里，有着陈旧的温度。

在县城中心的卿远第一中学对面，不知什么时候开了一家店。

店名叫做“以梦为马”，店里很小，卖的东西很杂，店主自制的咖啡和红茶，精致的点心和奶酪，一些小的工艺品，很多二手书籍和唱片……店里的装潢乍看之下很简单，但每一处仔细看来却又别具匠心，包括每一株盆栽，墙纸的纹路和图案，雕花木书架的设计，以及那些古旧的工艺品——都有着店主的心意。

店主是个二十几岁的单身女子，眉目因为过于清秀，显得有些冷清的寡淡。习惯沉默，不经常笑。只有当顾客因为好奇而问起书橱里摆放的旧书和CD时，她才会说上几句话。

——那些东西是别人放在这里的，典当给他们的未来，等待着多年后物归原主，她只是保管而已。

时间一久，很多人会慕名前来这家别致的店，也有很多人愿意把对自己有意义的物品存放在这里，许下愿望，期望着梦想实现的那一天取回它。

那些梦想里，有爱情，有家庭，有事业……

她有的时候会和那些寄存梦想的人聊天。

有的时候，会开怀地大笑起来；有的时候，会陷入长久的沉默。

没有人知道她有着怎样的过往，也很少有人关心，毕竟，这只是一家店，人来人往。有多少人曾在这里遇见，就有多少人在这里告别。有些人会留下属于自己的记号、笔迹、物品，有些人则永远不会。更多的人，他们散落在天涯，不知道这家店的存在。

一切皆缘，随心而已。

从某种程度上讲，守着一间屋子，一片天地，看人来人往，是件孤独而有诗意的事。

一日，店主依旧在吧台后神情散漫地调制着一杯红茶，CD机里单曲循环着鲍勃·迪伦（Bob Dylan）的《Forever Young》(《永远年轻》)。

Hoping for the best.

愿有最好的结果

But expecting the worst.

却做了最坏的打算

Are you going to drop the bomb or not.

你是否即将要投下炸弹

Let us die young or let us live forever.

让我们英年早逝，或者让我们长生不死。

有个十七八岁的女孩推开那扇古朴的木门走进来，她的眼神纯净如同山间的清泉，黑色的长发束成干净的马尾，扬起的裙摆像是初绽的白色山茶，应该是刚高中毕业的学生。

店主依旧忙着自己手上的事，专注而慵懒，含糊不清地反复哼唱着那句英文歌词。

女孩不知所措，似乎在犹豫着要不要打断她。

“姐姐，我能在你这里保存一本书吗？”许久，她才怯生生地问。

“可以啊。”女子抬头，刚好瞥见那个女孩小心翼翼的探询神情，觉得一瞬间心里有什么地方被触动了。她眯起眼睛笑了，“是什么书呢？”

女孩见她答应了，终于露出一个开怀的微笑，然后把书轻轻地放在吧台上。

她顺着女孩的动作去看书的封面——《薄梦挽凉》。

薄梦挽凉，带着幽微的凉薄和伤感。一瞬间她只觉得心跳像漏跳了两拍——连忙去看作者的名字。

果然，林清苑。

看到这个名字的一瞬间，鸳凉的泪水就突然落了下来。

她心中百转千回，最终却只是微微颤抖着将书捧在掌心。过了很久，她才轻轻地翻开书的扉页。那些字里有着她熟悉的味道和气质，脉络和线索，让她平静的心再一次掀起涟漪。

林清苑在作者手记里这样写道：

这几年里我曾远离写作，倾心于生活本身，也投入过一段爱情，最终惨败而归。

曾经的很长一段时间里，我一直在想死亡这件事，平静而理智的。那个时候我觉得，活着是一件太过空虚寂寞的事，而死亡或许是最好的方式，让短暂的生变成一场完美的仪式，最好是要在巅峰的时候走向毁灭，那会是最好的事。

后来我决定踏上一段旅程，决定看一些风景，挥霍掉所有的金钱，作为对人间的隆重告别。

然而，经历过一些穷山恶水的处境，物质条件只能维持基本的生存状态，身上所有值钱的物品被抢劫一空、无处可去、饥饿、发热……但是我仍旧想要活着。

这样的心情就像我曾经想要死亡的心情一样，同样的真实，同样的强烈。

在这段时间里，我想通了一些事。从前不能接受的残缺和遗憾，包括生命被平庸的岁月消磨变得苍老、世俗、空虚……这些于我而言都变得珍贵美丽。

当我觉得自己终于忘记了一些曾经执迷于的人间幻觉，我选择再度回来这里，继续我的梦和写作，我想这样的过程对我是重要的，苦难和盲目带给过我的黑暗让我对光的存在更加敏感更加珍重。

一个人，明白自己想要的是什么，这是重重要的事。并非每个人都有一出生就明白自己天性所在的福祉。要寻找，哪怕这过程，让我们倾尽一生。

我遇见过这样一个女孩，我在医院的手术室门外遇见她，彼时她面对自己生命中重要之人的重病，而我正因爱情的灰暗时期而痛苦挣扎。那个时候她也许并不清楚自己要什么……她一直低落而内向，却坚持善良的本性，希望身边的人都平安幸福。然而即使是那样简单的梦想，上天也未能满足。

她一直在追寻，一直在否定自己，却从未停止过挣扎和向往。有的时候我的世界已处在崩溃状态，但我不能够阻止世界的崩塌。我觉得痛苦，没有缘由，没有出路。但是从她的身上看见自己的影子，在崩溃的时候仍旧不放弃重新建构自己世界的勇气，就觉得活着尚有希望在。

而一个作者的使命，包含着所有为人的使命却又有义务将其无穷地放大——他将是生命意义这个虚空命题的探索者，他必须经过最痛苦的黑暗时光，游走于崩溃地带的边缘，他应该明白世间一切的发生承载着怎样的意义，他应该足够敏感。

这本书送给那个我提到的女子，几经辗转我收到了她给我写来的信，知道了她如今选择了自己的方式来构筑自己的余生，对照着曾经我们坐在医院的长廊里促膝长谈的时光，那个时候我们都觉得天地之大，自己却不知去向，然而现在，我为她感到骄傲。

少年时候，我们都曾以为在这个凉薄的人间，只有爱情的温暖能够挽救我们骨子的执拗和孤单，最后才知道，爱是属于远方的，它的存在甚至比梦还要虚妄。然而我们却一路磕磕绊绊，从未停止过找寻。

最后——

这本书，是她的故事，关于一段用生命的力量执着追求却最终放弃的爱情，关于一段自我挽救与自我原谅的故事。

致，所有为爱停留，为梦奔走的人。

致，我们已经老去的爱情。

致，我们永远年轻的爱情。

致，我们远在天涯的梦想。

致，我们不曾失去的梦想。

所有曾经告别的，放弃的，思念的，不舍的——旧人与旧时光。

我们未来再见。

“那么，我们未来再见。”

鸳凉轻轻地重复着那个温柔的句子，心中有多少悲凉，就有多少温暖。

尾声　梦灭

她从未见过这样深蓝似海的天空，就像从未见过这样空阔丰饶的土地。

不知名的深红色花朵繁丽地盛放着，这样的美——似乎早一点儿晚一点儿都不妥当，而现在正好，不见羸弱又远离衰败。草木的长势也异常葱茏，次第深浅铺展的绿，在熏风的吹拂下呈现优美的倒伏状，向天际遥遥延伸开去。远处有山，神仙领地一般，青黛色的云雾上，浮着几朵水色的云，山峦起伏壮阔宏伟，像是童话书里的喀尔巴阡山或者西高加索山脉，她不能确定。

没有人，只有风从耳边荒凉地穿过。

寂静里，琴声渐渐清晰起来，像是爱人的耳语一般。她的心也随着琴声柔软起来，如远方绵延的云朵。

她转过身去，看见男子的背影在山野中模糊而有诗意地呈现。黑色的衣角被凉风掀起，猎猎作响。

他坐在深红色的花海里，穿着整洁而考究的白色衬衫，黑色领结，醒目的红色大提琴在白衣的映衬下有一种别样的幽艳美丽。

琴声如诉，从四面八方灌入她的耳膜。

她心里有质疑，更多的是茫然，然后她往男子的方向走，然而不知为何，分明是不远的距离，却无法靠近丝毫，那个身影始终栖息在末日般残艳的天地间，以一种遥远而空洞的姿态，和她保持着不远不近的距离……

突然，弦音由缓慢转向急促，像是一道伤口在天地间被猝不及防地撕裂开来，她无法控制那种莫名的牵绊，竭力向着那个身影奔跑起来。

然而，心里却有个声音在声嘶力竭地喊：不要过去！

不要过去

不要过去。

……

但是她控制不住自己的身体，她觉得有什么在撕扯着她的心，让她这样痛苦……但她无法控制自己不向那个身影靠近，哪怕知道那是不祥的，她也只能够茫然奔赴，她甚至不明白自己的挣扎从何而来。

近了……

近了，近了。

她几乎能触到那个男子的呼吸和脉搏了。

在逐渐趋缓的琴声中。他似乎也听见了她的声响，缓缓地抬起头来——

额头，眉骨，眼睛，鼻子，唇，下巴……那些细致的五官最后拼凑出一副她再熟悉不过的容颜。

只是，他并没有看到她。

“承欢，宋，承欢。”

她在心里默念，那个名字似乎有着某种不可思议的魔力，牵动着她一生的感情，百转千回。

然而，他的眼神却穿过她的身体，茫然地看着远方的山水，空洞而寂然。

琴声早已停了，琴身的漆色，像是一片红色的惨烈战场，上面布满了鲜血淋漓的尸体。

她冷冷地看着那片斑驳残艳的战场，那些尸体的脸都有着她熟悉的容颜——宋祺明，迟薇，迟息，顾唯喜，宁帛然……还有她自己。

你是刽子手吗？不，不是，命运是。

她闭上眼睛，转身离去。

她想这些年的兜兜转转之后，她的心终于不会再为他有任何细微的惊动了。

又一次的梦醒时分。

这一瞬间，鸳凉突然觉得自己已然记不清那些刻骨铭心的爱与往事；记不清当时是以怎样的热烈心情，爱着一个永远不可能的人；记不清那段属于她一人的寂寞时光，如何守着温柔的片段编织了一个个自欺欺人的谎言；记不清是以怎样的心情看那些美丽在现实中如枯萎的玫瑰花瓣，片片凋零；记不清在那些一个个希望升起的瞬间有着怎样奢侈的期望，在那些期望破灭后有过怎样的神伤——她甚至已经无法清楚地记起他的容颜。

突然就了然了。

执念是幻觉，埋在时光里，破碎的可以是梦，也可以是生命本身，只是唯独不会是深情。

纵使曾经薄梦承欢……别怕，梦会醒的，爱会尽的。

到最后之时，我们还是要只身一人，在这世间漫无目的地行走、停留……直到生命被时间毁灭。

那个时候我们会不会想起，在我们年轻的时候，有过那么一段时光，那时我们都曾以为在这个凉薄的人间，只有爱情的温暖能够挽救我们骨子里的执拗和孤单？最后才知道，爱是属于远方的，它的存在甚至比梦还要虚妄。

不过是——

鸳鸯迟归情殊散，薄梦难挽缘凉尽。